Mit finanzieller Unterstützung der
Sparkassen-Kulturstiftung Hessen-Thüringen
in Frankfurt am Main

Nagelprobe 23

Texte des Jungen Literaturforums
Hessen-Thüringen

Herausgegeben vom Hessischen Ministerium
für Wissenschaft und Kunst

Weitere Informationen über den Verlag und sein Programm unter:
www.allitera.de

Bibliographische Information der Deutschen Bibliothek

Die Deutsche Bibliothek verzeichnet diese Publikation in der Deutschen Nationalbibliographie; detaillierte bibliographische Daten sind im Internet über <http://dnb.ddb.de> abrufbar.

April 2006
Allitera Verlag
Ein Imprint der Buch&media GmbH, München
© 2006 für die Anthologie: Buch&media GmbH, München
© 2006 für die Einzelbeiträge beim Hessischen Ministerium
für Wissenschaft und Kunst
Umschlaggestaltung: Kay Fretwurst unter Verwendung eines Motivs
von Bettina Hermann
Herstellung: Books on Demand GmbH, Norderstedt
Printed in Germany · ISBN 3-86520-193-8

Nagelprobe 23

Vorwort

Die Preisrede

Die Nagelprobe steht noch bevor. Ich sage das nicht mit drohendem Unterton, eher fragend: Wie wird das Bändchen mit seinen sechsundzwanzig Preistexten von den Lesern aufgenommen werden und damit ein neues Leben beginnen? Die Nagelprobe der »Nagelprobe«.

Wobei dieser Begriff ja nicht, wie man annehmen könnte, seinen Ursprung in der Welt des Handwerks hat, etwa bei den Zimmerleuten oder Tischlern. In Trübners Deutschem Wörterbuch lesen wir, dieses Wort stamme aus der Sprache der »trinkfesten Zecher«. Das Grimm'sche Wörterbuch deutet es gleichermaßen und beschreibt den Vorgang der Nagelprobe: Das Umstürzen eines ausgetrunkenen Glases auf den Nagel des linken Daumens zum Zeichen, dass auch nicht ein auf den Nagel fallender Tropfen im Glase zurückgeblieben sei. Nun glaube ich ganz sicher nicht, dass der Erfinder dieses assoziationsreichen Buchtitels, Jochen Hieber, und der Vater des Jungen Literaturforums, Dr. Hermann Dieter Betz, mit dieser Titelwahl auf einen Zusammenhang von Schreiben und übermäßigem Trinkgenuss hinweisen wollten. Viel eher darauf, dass Schreibende, nehmen sie ihr Handwerk ernst, den Kelch bis zur Neige leeren müssen. Und das kann schmerzlich sein. Freilich hat letztere phraseologische Wendung wieder einen anderen Urgrund.

Warum so viel Aufwand um eine Nagelprobe? Wir haben es mit einer Minderheit zu tun. Eine Binsenweisheit, mag man sagen, von fünfhundertachtunddreißig Teilnehmerinnen und Teilnehmern werden im Jahre 2006 sechsundzwanzig mit einem Preis bedacht. Diese zu Preisenden stellen sich einem mehr und mehr um sich greifenden Trend entgegen: dem der Sprachverschluderung und -verrohung. Sie suchen nach der ihnen gemäßen Sprache. Sie schreiben ohne Wehleidigkeit, manchmal mit Grimm und Schärfe, doch immer mit einem Plädoyer für Mitmenschlichkeit. Natürlich schreiben sie über die Liebe, wohl wissend, wie fragil und verletzlich sie ist. Sie schreiben über alte Menschen und ihre Einsamkeit, über Not und Arbeitslosigkeit. Seismographisch genau sprechen sie über den Zustand ihrer Welt. Dass sie aufgrund der Wettbewerbsvorgaben vor allem kurze Geschichten verfassen, macht es für sie nicht einfacher, eher schwieriger. Oft genug geht es unseren Autorinnen und Autoren um die interessanten fünf Minuten. Das Geschehen spielt sich zwischen vier Wänden ab, im Café, im Sprechstundenzimmer eines Arztes oder in einem U-Bahnabteil. Manche wagen dabei etwas, sie versetzen sich in fremdes Leben. All das lässt sie anders auf die Welt blicken. Schreiben wird so zur Einübung von Toleranz. Wir sind dankbar für diese Texte.

Solche Minderheiten gilt es zu fördern. Das sei mit aller Dringlichkeit angesichts eines Literaturmarktes gesagt, der immer merkantiler wird. Bei dem die Frage, ob es sich rechnet, die Hauptfrage ist und nicht die Frage literarischer Qualität. Dem versucht das *Junge Literaturforum Hessen-Thüringen* entgegenzuwirken. Nicht nur, weil es jungen Talenten zu einer ersten Veröffentlichung verhilft. Genauso wichtig sind die Werkstätten, in denen erfahrene Autoren mit den jungen zusammenarbeiten. In Hessen und Thüringen hat sich inzwischen ein Netzwerk von Werkstatt-Teilnehmern gebildet.

Und im Übrigen sollte in unseren Ländern keine Mühe gescheut werden, die Preisträger noch mehr in Kontakt mit ihren Altersgenossen in Schulen und Bibliotheken zu bringen. So wichtig ein Kanon für die literarische Schulbildung sein kann, so bedenklich ist auch, dass die zeitgenössische Literatur, die junge Literatur zumal, keinen Platz in ihm findet. Aber bei jungen Leuten hat diese Literatur ihre Chance. Denn sie fordert Kritik und Mitsprache gleichermaßen. Es sei nicht ohne Hoffnung gesagt. Je abgeschmackter und sinnentleerter die Sprache der Spaßgesellschaft mit ihren schnellen, bunten Bildern den Alltag prägt, desto mehr wächst bewusst oder unbewusst das Bedürfnis nach einer anderen Sprache. Gerade die Lyrik junger Autorinnen und Autoren sollte besondere Beachtung finden. Es sei nicht verschwiegen, betrachtet man einen Großteil der eingesandten Verse, ist wenig Geglücktes zu entdecken. Viel Herz-Schmerz. Umso wichtiger wird das Gelungene.

Lassen Sie mich noch einen Gedanken am Ende äußern, der aus einem Gespräch mit Dr. Betz rührt. Dieses Literaturforum strebt ja seinem 25. Jahrestag entgegen. Ich könnte mir durchaus vorstellen, dass man in Hessen oder Thüringen etwa in einer Magisterarbeit die Jahrgänge der »Nagelprobe« genauer untersucht. Sprache und Themen im Wandel der Zeiten. Und nicht zuletzt sollte man fragen, was aus den Preisträgern geworden ist. Vor allem aus jenen, für die Schreiben ein »Muss« bedeutet.

Freilich, eines sei beim Nachdenken über die Texte den Einsendern dringlich geraten, nämlich mehr zu lesen. Kann man ernsthaft schreiben, ohne zu lesen? Immer wieder gilt es, die »paradoxe Wirkung des Lesens« zu entdecken, »die darin besteht, uns von der Welt abzulenken und dabei einen Sinn für sie zu finden« (Daniel Pennac). »Lies um zu leben« rät Gustave Flaubert. Und im Sinne der Nagelprobe ein kräftiges Prosit auf unsere Preisträger.

Im Mai 2006
Martin Straub

Texte der Preisträger

Franziska Wilhelm

Babka Katka, Karla und das Schaf

Wenn ich mich an den Hof von Babka Katka zurückerinnere, fällt mir immer als Erstes ein, wie Jano das Schaf auf dem Moped transportierte. Es war Sommer, wie immer, wenn ich in der Slowakei war, und Jano hatte das Schaf auf den Sitz gebunden. Die weißen Beinchen hingen zu beiden Seiten herab, der Kopf zeigte nach hinten auf die Straße. Es blökte fürchterlich. Ich stand vor dem Haus und winkte ihm hinterher. Es war das letzte Mal, dass ich das Schaf sah, denn Jano kam mit einem Kühlschrank auf dem Moped zurück. Es war damals schon ein alter Kühlschrank. In der Nacht brummte er manchmal so laut, dass ich davon wach wurde. Dann ging ich zu Jano in die Holzhütte. Wenn meine Schwester und ich in den Ferien kamen, überließ er uns sein Zimmer in Babka Katkas Haus und zog in die kleine Hütte am Wald. Wenn ich nachts nicht schlafen konnte, durfte ich ihn dort und nur dort *Onkel* Jano nennen. Er erzählte mir dann von unserer Familie und wie sie vor langer Zeit in Indien gelebt hatte. »Alle Zigeuner kommen aus Indien«, sagte Jano. Es gefiel mir, aus Indien zu kommen. Einmal lief ich eine ganze Woche lang mit einem Punkt auf der Stirn herum. Dann rief mich Babka Katka zu sich. Ich solle mir doch endlich mal die Stirn waschen, ich sei ja ganz dreckig. Ich erklärte ihr die Sache mit Indien. Sie sagte, mit meinen hellen Locken und den grauen Augen sei ich ganz gewiss keine Zigeunerin mehr. Unsere Familie habe überhaupt schon vor langer Zeit aufgehört, eine Zigeunerfamilie zu sein. Dann spuckte sie in ihr Taschentuch und wischte mir den Punkt weg.

Man konnte Babka Katka nicht widersprechen. Wie ein Fels saß sie tagein tagaus an ihrem großen Küchentisch, und das Leben hatte sich so abzuspielen, dass sie es mitbekam. Jano hatte die Küche nach und nach in ihr Wohnzimmer, später auch in ihr Schlafzimmer umfunktioniert. Wenn meine Schwester Karla und ich draußen Handstand übten, stellten wir uns so, dass sie uns vom Küchenfenster aus sehen konnte. Wann immer wir in ihrer Reichweite waren, strich sie uns mit ihren kräftigen braunen Händen über die Köpfe. Sie nannte uns ihre beiden Goldstücke. Doch während das Rotblond meiner Schwester tatsächlich einen warmen Goldton aufwies, war meines eher müde und kupfrig. »Ich bin zwanzig Pfennig und du nur zwei«, sagte Karla zu mir, wenn sie mich ärgern wollte. Sie hatte die zwei Geldstücke immer bei sich, um mir die entsprechende Färbung der Münzen beweisen zu können. Ich fing daraufhin meistens laut an zu weinen, damit meine Mutter kam und Karla mit ihrer bohrenden Stimme, die sie von Babka Katka geerbt hatte, zur Rede stellte. Heulen war die Waffe der kleinen Geschwister. Auf Knopfdruck konnte ich dicke Tränen über meine Wangen laufen lassen, ich musste nur aufpassen, dass ich dabei nicht anfing zu lachen. (Karla machte jedes Mal so ein sensationell bedeppertes Gesicht, wenn meine Mutter mit ernster Miene auf uns zukam.)

Trotzdem liebte und bewunderte ich meine Schwester Karla, wie sie jeder liebte und bewunderte, der sie kannte. Sie hatte eine Stimme, die alte Männer zum Weinen bringen konnte. Das hatte ich auf dem Dorffest gesehen. Natürlich musste sie immer zu Babka Katkas Geburtstag singen. Babka Katkas Geburtstag wurde in unserer Familie meist nur »das Fest« genannt: Jedes Jahr in den letzten Augusttagen, wenn der ganze Hof nach reifen Pflaumen roch, kamen sie alle: die Tanten und Onkel, die Cousinen und Cousins, die Schwager und Großneffen aus Zvolen, Banská Bystrica, Levice und von überall her. Jano machte jedes Mal ein großes Lagerfeuer auf dem Feld.

Nur zum Fest bewegte sich Babka Katka. Auf zwei Stöcke gestützt, ging sie dem Feuer entgegen. Meine Mutter schob einen Stuhl neben ihr her, an dem Rollen angebracht waren. Immer wenn sie sich ausruhen musste, hielt meine Mutter an und ließ sie sich setzen. In dem Stuhl schieben, ließ sich Babka Katka jedoch nie. Einmal, als ihre Beine so erschöpft waren, dass sie keinen Schritt mehr gehen konnte, brach sie mit meiner Mutter in Streit aus. Mutter sagte immer wieder, dass doch nichts dabei sei, sich ein paar Meter bis zum Feuer schieben zu lassen. Wir alle bewunderten den Mut meiner Mutter. Letztendlich jedoch verschob Jano das Lagerfeuer so, dass es vor Babka Katkas Füßen lag, genau an der Stelle, an der die Kraft ihre Beine verlassen hatte.

Dann sollte meine Schwester singen. Ich erinnere mich nicht mehr, was sie sang, nur dass es ein deutsches Lied war. Babka Katka ermahnte uns, immer Slowakisch zu reden, wenn wir in den Ferien bei ihr waren. Sie räusperte sich immer laut, sobald wir in ihrer Gegenwart Deutsch miteinander sprachen. An diesem Abend am Feuer blieb sie still. Ich beobachtete, wie ihr Blick auf Karla gerichtet war. Während sie sang, veränderte sich Karla. Dann gehörte sie plötzlich nicht mehr zu unserer Familie. Sie gehörte zu überhaupt gar keiner Familie mehr. Sie war nur noch Karla, und ihr Körper wurde so leicht, dass jeder, der sie anfassen wollte, durch sie hindurchgriff. Selbst Mutter und Babka Katka.

Im nächsten Sommer begann sich meine Schwester Karla für Jungen zu interessieren. Plötzlich durfte ich nicht mehr da sein, wo sie war. Nicht im Schwimmbad, wenn sie sich sonnte, nicht am Kiosk, wenn sie sich ein Softeis holte und schon gar nicht am Fluss, wenn sie mit den anderen Tischtennis spielte. Die anderen, das waren die großen Jungs und Mädchen aus dem Dorf. Sie waren alle ein oder zwei Jahre älter als Karla.

In dieser Zeit ging ich fast jede Nacht zu Onkel Jano. Er erzählte mir von den Zigeunern. Wie sie immer umherreisten, wie sie Musik machten, wie sie tanzten und dass sie kleine Schweine dressieren konnten. Tagsüber, wenn Jano zu tun hatte, zog ich allein durch das Dorf. So ohne Karla fühlte ich mich, als ob ich plötzlich nicht mehr hierher gehörte. Doch dann kam mir Michal Stroblov entgegen. Ich erkannte ihn schon von Weitem an seinen krummen Beinen. Im Dorf sagten die Leute, das mit den Beinen käme vom vielen Herumrennen. Tatsächlich sah man Michal Stroblov selten still stehen. Immer rannte er irgendwohin, schmiss seine schiefen Beine in die Luft und wedelte dabei mit den weit ausgestreckten Armen. Als er mich erblickte, hielt er an. Ich hatte mir gerade im Kiosk eine Rolle Disko-Kekse gekauft. Er schaute auf meine Kekse. »Willst du einen?«, fragte ich ihn auf Slowakisch. Er nickte und griff aufgeregt in meine Keksrolle. Er hatte es schon gesehen. Der nächste Keks war der »Disko-Keks«, der eine Keks in jeder Packung, der den Schriftzug »Disko« trug. Michal Stroblov zog ihn vorsichtig aus der Rolle, strich mit den Fingerkuppen der linken Hand behutsam über die Inschrift und steckte ihn sich dann genüsslich in den Mund. Von diesem Moment an war Michal Stroblov mein Freund. Wir rannten zusammen die staubige Straße zum Hof von Babka Katka entlang, bewarfen uns mit Kletten und pflückten sie uns wieder aus den Haaren. .

Am nächsten Morgen flitzte Michal bereits in aller Frühe mit einer Schubkarre bei uns auf dem Hof herum. Sicher hatte man ihn losgeschickt, um Pferdetrost für den Garten seiner Mutter zu holen, die Schubkarre war jedoch nur zu einem Viertel voll. Den restlichen Inhalt hatte er durch sein wildes Herumfahren schon wieder verloren. »Kommst du heute Nachmittag mit schwimmen?«, schrie er zur mir herauf. Babka Katka schimpfte von ihrem Küchenfenster aus, er solle sich nach Hause scheren, sonst würde sie ihm persönlich die Pferdeäpfel in seinen kleinen Hintern stopfen und die Schubkarre gleich mit.

Später lagen wir im Schwimmbad und konnten nicht aufhören zu lachen, weil wir uns ausmalten, wie Babka Katka Michal eine Schubkarre voll Pferdeäpfel in den Hintern schob. »Wenn ich groß bin, gehe ich nach Indien, wo ich hingehöre, da wird Babka Katka schön dumm gucken«, sagte ich später zu Michal. Ich erklärte ihm das mit den Zigeunern und dass ich auch kleine Schweine dressieren wollte. Er sagte, er fände es toll, eine Dompteurin als Freundin zu haben.

Es war im nächsten Sommer, als Michal mich fragte: »Willst du mal echte Zigeuner sehen?« Ich nickte und borgte mir das Rad von Onkel Jano, auf dem ich nur im Stehen fahren konnte. Wir fuhren durchs Dorf und wieder aus dem Dorf hinaus. Ich kam Michal kaum hinterher. »Wo sind denn die

Zigeuner nun?«, rief ich außer Atem. »In der Stadt«, antwortete Michal. »Aber das ist doch noch so weit!«, sagte ich. »Nich, wenn wir schnell fahren.« Irgendwann kamen wir in einem Außenviertel der Stadt an. »Hier ist es«, meinte Michal. Ich schaute mich um. Wir standen zwischen heruntergekommenen Hochhausbauten. An allen Fenstern hing Wäsche. Es roch seltsam, wie nach verbranntem Gummi. Ein paar kleine Kinder spielten in einem alten Auto. Es hatte keine Frontscheibe mehr, so dass sie über die Motorhaube ins Wageninnere klettern konnten. Keines der Kinder hatte einen indischen Punkt auf der Stirn. »Bist du sicher, dass wir hier richtig sind?« – »Ja«, sagte Michal, »meine Mutter hat mir gesagt, dass hier die Zigeuner wohnen.« Er ging die kleine Treppe zur Eingangstür eines Wohnblocks hinauf. Die Tür war nicht verschlossen. Wir fuhren mit dem Fahrstuhl erst in den siebten, dann in den neunten, dann in den vierzehnten Stock. Die Flure waren überall gleich. Es roch nach Essen, nach Urin und Zigaretten. Aus den Wohnungen drangen Fernsehgeräusche. Mülltüten standen vor den Türen. »Willst du irgendwo klingeln?«, fragte mich Michal. Ich zuckte erst mit den Schultern und schüttelte dann den Kopf. Wir fuhren wieder nach unten. Als wir auf der kleinen Treppe vor dem Eingang waren, hörten wir plötzlich Musik und Stimmen. Wir gingen um das Haus herum und kamen zu einer Mauer, an der sich eine Gruppe Jugendlicher versammelt hatte. Zwischen ihnen entdeckte ich Karla. Sie saß auf dem Schoß eines Jungen mit langem dunklen Haar. Er war mindestens achtzehn. Neben ihnen dröhnte ein Kassettenrecorder. Karla sprang auf, als sie mich sah. »Was machst du denn hier?«, fragten wir beide gleichzeitig. Dann haute sie mir eine runter. Ich fing an zu weinen. Mehr aus Überraschung als vor Schmerz. Michal schaute verdattert zu ihr. Dann ging er auf Karla zu und schubste sie, dass sie gegen das Mäuerchen fiel. Ich sah Karlas erschreckte Augen, auf ihren Handflächen sammelte sich Blut. Der Junge mit dem langen, dunklen Haar erhob sich und wollte sich auf Michal stürzen, aber ich kam ihm zuvor. Ich rannte auf Michal zu und trat ihn in den Bauch. Er krümmte sich. Seine schiefen Beine sackten zusammen. »Schluss!«, rief Karla auf Slowakisch. »Ihr fahrt jetzt beide sofort nach Hause!« Ich wollte nur noch weg, kümmerte mich nicht um Michal, sondern rannte so schnell ich konnte zu meinem Fahrrad. »Und kein Wort zu Mama!«, rief mir Karla auf Deutsch hinterher.

Als ich auf dem Hof von Babka Katka ankam, war ich vollkommen durchnässt. Meine Augen brannten von Schweiß und Tränen. Ich lief zum Schuppen und wollte Onkel Jano sein Fahrrad vor die Füße knallen, aber er war nicht da. Beim Abendessen redeten weder Karla noch ich. Es sprach überhaupt niemand, aber Karla und ich waren zu sehr mit uns selbst beschäftigt, um das zu bemerken. So erfuhren wir es erst zwei Tage später beim Fest. »Wo ist Onkel Jano? Macht er dieses Jahr denn kein Lagerfeuer?«, hörte ich Karla meine Mutter fragen. »Nein«, antwortete sie mit einer Stimme, die nichts Gutes bedeutete. Von meiner Cousine Evka erfuhr ich, dass Jano sich eine Arbeit in Bratislava gesucht hatte. »Aber er kann doch nicht weggehen, jetzt zum Fest«, sagte ich. »Er hat gesagt, er war immer hier und jetzt muss er mal raus und wir sollen uns um Babka Katka kümmern, weil wir ja in Zvolen wohnen«, sprach Evka. Ich schluckte. »Wie stellt er sich das vor?«, fügte Evkas Schwester Marianna hinzu, »sollen wir jedes Mal herkommen, wenn Babka den Ofen angefeuert haben will?« Mir stiegen die Tränen in die Augen. Was war hier los? Ich lief nach draußen. Auf dem Hof entdeckte ich meine Schwester Karla, die Holz zusammentrug. »Babka Katka hat gesagt, dass sie dieses Jahr nicht aufs Feld rauskommt, da mache ich das Feuer unter ihrem Küchenfenster«, sagte sie wie beiläufig zu mir. Aber ihre Stimme zitterte dabei. Ich nahm ein paar Holzscheite und versuchte sie aneinander zu legen, wie es Onkel Jano immer gemacht hatte. Es wurde ein mickriges Feuer. Die meisten Erwachsenen blieben an diesem Abend bei Babka Katka in der Küche. Irgendwann waren nur noch Karla und ich am Feuer. Wir kauten schweigend geröstetes Weißbrot. Ich wollte mit Karla reden, überlegte angestrengt, was ich sagen konnte, aber mir fiel nichts ein. Dafür bekam ich einen Schluckauf. Ich hickste in die Stille hinein. Plötzlich spürte ich Karlas Hand durch mein Haar streichen. Ganz vorsichtig und sanft. »Was hast du heute zum Frühstück ge-

gessen?«, fragte sie mich. Das fragte sie immer bei Schluckauf, um mich abzulenken. »Bu … Buchteln«, hickste ich. »Was?«, fragte Karla und kicherte. »Bu … Buchteln«, sagte ich noch einmal und kicherte auch.

Evka und Marianna mussten nicht ein einziges Mal kommen, um Babka Katka den Ofen zu heizen. Sie starb noch im Oktober. Bis dahin hatte ich es für unmöglich gehalten, dass so etwas wie »Tod« auch für Babka Katka galt. In der Woche vor der Trauerfeier träumte ich noch, dass sie gar nicht tot war, sondern nur schlief. Ich stand mit Mutter und Karla am frisch zugedeckten Grab und hörte Babka Katka in ihrem undeutlichen Slowakisch aus der Erde rufen: »Ihr habt euch geirrt, ihr habt euch geirrt!« Ich ging auf die Knie und wollte Babka Katka wieder ausgraben, aber meine Mutter meinte nur: »Lass das, deine Strumpfhose wird schmutzig!« Am nächsten Morgen hatte ich Scharlach. Der Doktor sagte, dass ich unmöglich mit in die Slowakei fahren könne. Ich blieb bei Monica, einer Freundin meiner Mutter. Bevor Mutter und Karla aufbrachen, gab ich Karla eine Stecknadel. Sie sollte Babka Katka in die Hand stechen, um zu sehen, ob sie vielleicht wach wurde.

»Und, hast du's gemacht?«, frage ich Karla, als sie ein paar Tage später wieder zu Hause waren. »Es ging nicht«, antwortet Karla. »Und hast du sie wenigstens gesehen? Wie sah sie aus?«, fragte ich weiter. – »Kleiner«, sagte Karla nur.
Ich versuchte mir Babka Katka kleiner vorzustellen, aber es ging nicht. In meinen Gedanken sah ich sie in der Küche sitzen, ihre großen braunen Hände vor sich auf dem Tisch. Plötzlich musste ich an das Schaf denken, wie es auf dem Moped davonfuhr und immer kleiner und kleiner wurde. Aber das war ja nur das Schaf gewesen.

Florian Balle

Besuch des Viereckigen

Quader　　　　　　　　　　　　　　　　　　Quadratisch

könnte　　Da haben die wirklich das Gewicht in Blöcken

　　　　　　　　　　　　　　　　　　　　　　gemessen und hier hingestellt.

　　　　　　　　　Dann waren vier Ecken.

das darinnen stehen

　　　　　　　　　Zur Zierde eines langen Wassers,

Quarantäne　　　　　　　　　　　　　　　　　Qualm

Ich wollte ein zentriertes Gedicht schreiben
aber die
                                    Zweifel

Gesprochene Lichtbogenlampe

für I.

Niemals zu denken:
Vollkommensein.

Übertreibung scheint dabei
auf ein optisches Gitter.
Bis sie sich
in ihre Spektralfarben teilt:
Zwischen 578 und 664 nm finden wir
– als Kreiswelle dann –
einen Auszug der gesprochenen Worte.

Markus Jakob

Die Diagnose

»Es hat wirklich keinen Sinn mehr«, sagte der Arzt. »Ich will ehrlich mit Ihnen sein: Ihre Situation ist völlig hoffnungslos. Glauben Sie mir, es besteht in Ihrem Fall nicht die geringste Aussicht auf Genesung.«

»Ja, und was bedeutet das?«, erwiderte nach kurzem Zögern der Angesprochene, ein junger Mann, der an der Seite seines Vaters dem Arzt reglos gegenübersaß. »Ich meine: Was raten Sie mir?«

»Was ich Ihnen rate?«, gab der Arzt ruhig zurück. »Hören Sie, ersparen Sie sich unnötiges Leiden. Wenn Sie mich fragen (und ich versichere Ihnen, dass ich wahrlich kein inkompetenter Ansprechpartner bin): Lassen Sie sich einschläfern. Das wäre das Beste – sowohl für Sie«, und er wendete sich an den Vater, »als auch für Ihre Angehörigen.«

Bei diesen letzten Worten verzog der Arzt seine schmalen, aufgesprungenen Lippen zu einem herablassenden Lächeln, einem spöttischen, ja geradezu schmutzigen Grinsen, was zu der Ernsthaftigkeit seiner Aussage, der Diagnose eines Spezialisten, so ganz und gar nicht passen wollte.

»Nein, das kommt überhaupt nicht in Frage!«, protestierte der junge Mann, und dabei schlug er mit der Faust auf den Tisch, der ihn und seinen Vater wie ein Grenzwall von dem unnahbaren Mediziner trennte. »Nein, nein und nochmals nein!«, schrie er, und plötzlich ausgebrochener Schweiß rann über sein hochrotes, zur Grimasse verzerrtes Gesicht. Er schien sich furchtbar aufzuregen.

»Aber ich bitte Sie«, fuhr der Arzt in seinem ruhigen Ton, den jungen Mann fixierend, fort, »seien Sie vernünftig. Wozu wollen Sie weiterleben? Bedenken Sie bloß Ihre Lage. Sie bekommen von uns die einmalige Chance, einen sauberen und geraden Schlussstrich zu ziehen unter Ihr, nun ja, beileibe nicht von Ruhm erfülltes Dasein. Sie sollten die Gelegenheit beim Schopfe packen. Sehen Sie, es nützt niemandem etwas, wenn Sie weiter hier auf Erden Ihr, wie soll ich mich ausdrücken, Ihr Unwesen treiben. Sie haben es, mit Verlaub, zu nichts gebracht in all den Jahren, und Sie werden es auch zu nichts mehr bringen, darüber besteht nicht der mindeste Zweifel. Also, unterschreiben Sie hier«, sagte er schließlich bestimmt, »das ist aus meiner Sicht das Einzige, was Sie noch für sich tun können. Unterschreiben Sie hier unten rechts und wir leiten alles in die Wege. Sie brauchen sich keine Sorgen zu machen, wir werden alles für Sie regeln.«

Und er hielt dem jungen Mann einen Zettel und einen Kugelschreiber hin.

Der Vater war inzwischen ein wenig auf seinem Stuhl nach vorne gerückt. Offenbar sah er es für notwendig an, sich bei diesem Stand der Dinge in die Unterredung einzuschalten. Nachdem er bereits mehrere Male erfolglos versucht hatte zu sprechen – er bewegte die Lippen, ohne einen Laut hervorzubringen –, flüsterte er endlich gehemmt, zu seinem Sohn gewandt:

»Mensch, Junge, überleg dir doch ...«

»Vater!«, fiel ihm sein Sohn ins Wort. »Ja weißt du denn, was dieser Mann uns vorschlägt? Das ist doch Wahnsinn, das ist unvertretbar! Darauf kann man doch nicht eingehen!«

»Aber warum denn nicht?«

»Warum nicht? Ich sage dir, warum nicht: Weil ich nicht will, ganz einfach, darum nicht!«

»Was soll das heißen: Du willst nicht? Ja was willst du eigentlich? Also, langsam weiß ich wirklich nicht mehr weiter. Alles willst du nicht. Du willst nicht arbeiten, du willst nicht studieren, bei uns zu Hause helfen willst du auch nicht. Menschenskind, wie soll es denn mit dir noch weitergehen? Weißt du denn, wie alt du bist? Wenn der Doktor dir rät, dich einschläfern zu lassen, dann mach das doch, um Gottes willen! Überleg doch mal, wie viele Vorteile das mit sich brächte!«

»Wenn ich an dieser Stelle noch etwas ergänzen dürfte«, meldete sich daraufhin der Arzt, welcher erneut sein spitzbübisches Lächeln zeigte. »Erklären Sie sich außerdem bereit, Ihren toten Körper unserem Institut zu überlassen (zu

Forschungszwecken, Sie verstehen), so kommt Ihre Familie in den Genuss einer ungewöhnlichen Vergünstigung.«

»Da hast du's!«, rief der Vater triumphierend.

»Vergünstigung?«, fragte der Sohn, als hätte er das Wort nicht deutlich hören können. Er schlug die Hände vors Gesicht, während sein Vater siegesgewiss den Blick im Zimmer schweifen ließ. Schließlich nickte dieser dem Arzt ein paar Mal freundlich zu, und ohne seinen Sohn anzuschauen, erklärte er:

»Jetzt hör mal zu, mein Freund! Wir können dich nicht länger durchfüttern, das ist vollkommen unmöglich. Dieser Mann hat dir ein faires Angebot gemacht, und bist du allen Ernstes gewillt, es auszuschlagen, dann magst du sehen, wo du bleibst; *wir* werden dich nicht mehr unterstützen ... Was bildest du dir eigentlich ein? Seit Jahren schon liegst du uns auf der Tasche. Also, was mich betrifft, meine Geduld ist zu Ende. Punktum.«

»Ihr Vater hat Recht«, fügte der Arzt hinzu. Er sprach zu dem jungen Mann wie zu einem störrischen kleinen Kind und wedelte dabei sachte mit dem Zettel: »Nun kommen Sie, bitte, unterschreiben Sie jetzt, dann haben Sie noch eine Woche Zeit, um sich von Ihren Leuten zu verabschieden, und am nächsten Donnerstag sind Sie wieder hier bei uns, Sie legen sich gemütlich drüben hin, kriegen eine klitzekleine Spritze von mir und dann machen Sie ganz, ganz lange heia.«

In diesem Augenblick ging eine Tür auf und eine Krankenschwester trat herein, eine hochgewachsene Brünette, wohl Mitte zwanzig, in blütenweißer Arbeitskleidung, deren Oberteil auffallend tief ausgeschnitten war. Sie hielt eine Mappe in der Rechten. »Der Bericht von gestern«, sagte sie leise, beinahe gehaucht, wobei sie die vollen, blutrot geschminkten Lippen dennoch so weit öffnete, dass ihre makellosen Zähne kurz zu sehen waren.

»Danke, stellen Sie's da unten hin«, entgegnete der Mediziner, und er wies beiläufig auf einen Aktenschrank.

Im Gesicht des jungen Mannes zuckte es. Er wirkte äußerst unruhig. Es war, als ob auch er noch etwas sagen wollte, als fühlte er, dass dies die letzte Möglichkeit sein würde, etwas einzuwenden, und dass er einen ungünstigen Eindruck hinterließe, wenn er wie ein Verlierer schwieg. Er musste sich erheben, auf seinem Recht bestehen, energisch, hier und jetzt, er musste auf seine Unabhängigkeit pochen. Doch eine innere Stimme schien ihm zu bedeuten, dass es keinen Sinn hatte zu reden; er sah aus, als schlösse meterdickes Eis ihn ein in einen tödlich kalten Kerker ...

Die Krankenschwester hantierte währenddessen am unteren Fach des Aktenschranks, auf den der Arzt gezeigt hatte. Die Aufgabe, mit der sie betraut worden war, musste verhältnismäßig schwer sein; sie stand tief gebückt, an diversen Ordnern zerrend, und mühte sich erkennbar. Der junge Mann sah aufmerksam zu ihr hinüber – sie strich sich mehrfach mit den Fingern durch ihr braunes Haar, welches ihr immer wieder in die Stirn fiel –, als der Arzt, dessen herablassendes Lächeln auf einmal sich verflüchtigt hatte, mit feierlichem Ernst fortfuhr zu sprechen:

»Wissen Sie«, sagte er, »Sie machen einen Fehler, wenn Sie dem belanglosen Geschwätz der Leute trauen. Was heißt es denn, im Leben Glück zu haben? Auf die Wege des Glücks scheint durchaus nicht tagaus, tagein die Sonne. Denken Sie nicht, dass sie auch im Winter gesäumt wären von sommerlich blühenden Blumen. Die Wege des Glücks sind in Wahrheit schmal und finster, und es haben nicht viele Menschen Platz auf ihnen. In Ihrer ausweglosen Situation eröffnet sich Ihnen nun ein solcher Weg, unerwartet eröffnet er sich Ihnen, kein Hindernis ist zu beseitigen, sie ist Ihnen zugänglich geworden, die Straße ins Elysium, und sie verheißt das Höchste ... Doch genug der Worte, genug der abgeschmackten Reden, ich kann Sie nur dazu ermutigen, meinem Rat zu folgen ...«

Während der Arzt so sprach, sah der junge Mann unverwandt hinüber zu der Krankenschwester, die nach wie vor mit den Mappen, Ordnern und Papieren des Aktenschranks beschäftigt war. Noch immer stand sie tief gebückt und augenscheinlich angestrengt. Da breitete der Arzt ruckartig seine Arme aus, und beschwörend, hinauf zur Zimmerdecke blickend, rief er: »Dringen Sie ein ins dunkle, enge Reich der Seligkeit!«

Und ein kaum hörbares »Ja« war alles, was der junge Mann hervorbrachte ...

Daraufhin erhob sich die Krankenschwester, sie, die hochgewachsene Brünette, richtete sich auf zu voller Größe, seltsam ungelenken, unweiblichen Schrittes begab sie sich zur Tür, und nachdem sie dem Arzt noch einmal freundlich zugenickt, verließ sie das Zimmer rasch, als hätte sie es eilig. Der Vater des jungen Mannes trocknete sich mit einem Taschentuch die Stirn, er lehnte sich zurück und schien erleichtert durchzuatmen. Sein Sohn ließ sich Stift und Zettel reichen, der Stift entfiel ihm, er suchte ihn, er fand ihn, hob ihn vom Boden wieder auf, er legte den Zettel vor sich auf den Tisch, beugte sich über das Papier, und an die dafür vorgesehene Stelle, unten rechts, setzte er mit zitternder Hand, langsam und mehrmals dabei aufschauend, die Züge seines Namens.

Katja Thomas

Fliegen sie ununterbrochen

»Diese Schwalben«, sagst du, »nerven mich.«
»Das sind keine Schwalben.«
»Ah. Hast du Milch?«
Ich hole meine einzige Packung aus dem Kühlschrank, drücke sie dir in die Hand wie Blumen. Dann bist du wieder fort, deine Tür schlägt zu, hinterlässt Hall im Treppenhaus. Im Balkon steht randhoch die Sonne. Doch die Hitze kommt nicht durch die Wände. Gänsehaut, und als ich den Pulli überziehe, knistert es. Du warst blass eben. Das fällt mir jetzt erst auf.

Vorhin dachte ich, ich würde Sturmgeräusche hören, dabei hat ein Kipper nur Schutt abgeladen. Meine Zigarette geht einfach so aus. Schon seit Tagen denke ich, es muss ein Gewitter geben. Es ist, als fänden die Blätter, die Häuser, die Leute es verdammt geil, sich so nahe an das Ersticken ranzutasten. Ich mache mir ein billiges Bier auf, es schmeckt nach Blech. Dann halte ich es nicht mehr aus und gehe runter, das Gewitter suchen. Der Asphalt ist warm. Die Sohlen meiner Sandalen werden echt immer dünner. Im Dönerladen ist 'ne Menge los. Sasil winkt, ich winke zurück. Der Süße. In einer einzigen Wolke ist das Gewitter gefangen. Über dem Dach vom Supermarkt steht sie im Himmel und flackert wie ein Windlicht. Nach ein paar Minuten löst sich die Wolke auf, ohne dass jemand etwas gemerkt hat.
Im Treppenhaus ist es kalt an den Füßen. Ich nehme zwei, drei Stufen gleichzeitig, mein linkes Knie tut wieder weh, was soll's. Im dritten Stock fliegt mir eine Schlappe vom Fuß. Eure Klingel klebt. Du machst nicht auf.

Das Knistern von Bonbonpapier in der Nacht. Das ist das einzige Geräusch auf der Welt. Wie ist das eigentlich, fliegen sie nachts leise? Sie fliegen doch genauso, denke ich, aber leise? Bist du das, auf deinem Balkon? Aber da ist auch alles leise. Ich teile mir eine Flasche Wasser mit meinen Blumen, aus meinen Balkonkästen tropft es auf die Balkonkästen darunter. Dann höre ich Absatzklacken im Treppenhaus, ganz lange. Als wäre das ein Geräusch, das die Treppenstufen nachts von allein machen.

»Du musst meinen Vater mal sehn, wenn der seine Lederjacke mit dieser Pflege einschmiert.« Dein Gesicht erinnert mich an den Vogel, den ich neulich in der U-Bahn-Haltestelle gesehen habe. »Ganz penibel sucht er die abgewetzten Stellen. Als würde er sticken oder was anderes, sehr Kompliziertes machen.« Die Sonne scheint von hinten durch deine Ohren. Im Gegenlicht ist dein Haar fast grau. Deine Ellenbogen stehen hart auf dem Balkontisch.
   »Heißen Tee bei der Hitze.«
   »Die Türken machen das auch. Hitze gegen Hitze.«
   Kleine schwarze Pfeile schießen durch die Luft und schreien. Tippen an die Hauswand, stoßen sich an ihr ab wie vom Beckenrand, für die nächste Runde Flug.
   »Wusstest du, dass sie zwei, drei Jahre lang ununterbrochen in der Luft sind?«
   »Wer?« Du guckst, als hätte ich dich gerade geweckt.
   »Na hier, die Mauersegler.«
   »Ah so. Und dann?«
   »Was, und dann?«
   »Na, was machen sie nach den drei Jahren?«
   »Die machen alles im Fliegen, sich mausern, fressen, sich paaren, sogar pennen. Ihre Beine sind total zurückgebildet.«
   »Pennen beim Fliegen? Find ich Fliegen beim Pennen besser.«
   »Immer nur für ein paar Sekunden.«
   »Ah, und was machen sie nach den zwei, drei Jahren Fliegen?«
   Ich schenke uns neuen Tee ein, kalt wird er gar nicht. Das Glas beschlägt. Deine Lippen sehen trocken aus.
   »Er frisst immer nur das, was gerade weg muss«, sagst du. Deine Fingerspitzen tippen im Staccato auf das Holz.
   »Wenn im Sommer lange schlechtes Wetter ist, sieht's schlecht für sie aus. Wegen Mückenmangel. Die Jungvögel

fallen dann in eine Art Kältestarre. An die vierzehn Tage halten sie's so aus.«
Du lachst.

Windschief stehst du in der Tür, dein rechter Oberarm hat blaue Flecken. Dein Überschwang, manchmal weißt du ja nicht, wo du anfangen sollst. Ich weiß.
»Hast du Rasierschaum?«, fragst du, immer noch schief in der Tür.
»Komm rein.« – »Nee nee, haste Rasierschaum?« – »Für ihn, oder was?« Du lehnst dich mit der Hand gegen den Türrahmen, dein weißer Knöchel, deine angestrengte Hand.
»Ich will mir halt die Beine rasieren, schließlich ist Sommer.«
»Da kannste auch Duschgel nehmen, mach ich auch immer. Macht keinen großen Unterschied, glaub ich.«
Vom Balkon aus sehe ich dich die Straße runtergehen. Du verschwindest fast hinter der Tasche aus altem Segeltuch, die über deiner Schulter hängt. Deine dünnen Beine gehen forsch in den Sommer hinein, und schnell um die Ecke.
Die Vögel, kleine schnelle Schatten am Augenrand, zerfädeln die Luft, ihr Flug so scharf wie ihre Schreie, die entzündet klingen und gleichzeitig verzückt.

Die Couch ist auch nicht mehr weiß. Mein Gesicht liegt genau neben einem Fleck. Überall Staub wie Flaum. Die Wand strahlt richtig Kälte aus. Obwohl du dahinter bist. Die Bettdecke aus Synthetik lädt meine Haut elektrisch auf. Wenn ich mich bewege, knistert und funkt es. Du bist doch da, oder? Ich höre nie etwas von nebenan. Diese Wand ist derart still. Auf deinem Balkon bist du nie. Wie in einem Schließfach bist du in dieser Scheißwohnung verwahrt. Ob er da ist, ob er nicht da ist, weiß ich nicht. Krieg ich überhaupt nicht mit. Ich atme, ich atme weiter Luft in mein Zimmer.
Irgendwann leg ich mich auf den bleichen Teppich und schalte den Fernseher an. Sportnachrichten ohne Ton. Draußen rücken Stühle, Stimmen und Klirren, im Dönerladen ist noch 'ne Menge los. Im Haus gegenüber beulen Gardinen aus den Fenstern. Darin hängen abgestandene Tage. Durch meine weit offene Balkontür kommt kein Hauch. Kurz vor

zwölf schließen sie unten die Tische und Stühle an; dünne Seile werden um ihre Beine festgezurrt, Besteck fällt klappernd in Plastikeimer. Der Fernseher flackert mich in den Schlaf. Meine Augenlider sind, glaub ich, ganz schön dünn.

»Du könntest einfach weggehen.« Sage ich ruhig, als würde ich einem Kind zureden. Du stehst in meiner Küche im roten T-Shirt und siehst aus, als wärst du im Süden: knalleng alles, frische Lippen, Augen sonnenstark, nur wie du deine Daumen in die Hosentaschen steckst, sieht nicht so lässig aus, mit deinen weißen, trockenen Händen. Du gehst geschäftig umher, als suchtest du etwas, ein Brötchen oder eine Gabel. Biegst dich wie ein Komma über den Küchentisch. »Du könntest weggehen«, sage ich noch mal. »Ausziehen.«
 »Also ich geh dann mal wieder.«
 »Das geht doch so nicht weiter –«
 »Ich wüsste nicht, was dich das angeht. Echt, das geht dich wirklich nichts an.«
 Hinter dir fällt die Tür zu. Durch die offene Balkontür höre ich die Mauersegler kreischen.
 Wie viele das sind.

Frederike Popp

Eine Nachtfahrt

Es ist eine U-Bahn. Nein, nicht in New York oder London, hier in Hamburg. Es ist nicht viel los. Eine Nacht mitten in der Woche, drei Uhr morgens. Ich sitze in einem grell beleuchteten Abteil zwischen müden Gesichtern und die übliche, nächtliche Angst brennt auf meiner Haut wie eine Nessel. Es kann ja heutzutage so viel passieren, man liest es jeden Tag. Doch ich hoffe, immer wieder. Die Wände des Zuges sind zugepflastert. Mit Werbesätzen und gemalten Sprüchen, die von Romanzen und Mordgelüsten erzählen. Der Zug rast durch das Dunkel und vibriert kaum merklich unter einer Spannung. Wir warten alle. Auf das Unausweichliche? Auf das Leben?

Eine Frau schnarcht leise. Ihre Augen sind von Schwärze umgeben und tief eingesunken. Ihre bleichen Wangen beben, während die Einkaufstüte von Penny langsam auf den Boden gleitet und Orangen durch den Dreck rollen. Bald ist schon wieder Weihnachten, denke ich. Nächste Station: die Colonnaden, feinste Hamburger Innenstadt. Der alte Mann auf dem Sitz mir gegenüber hat sie nie gesehen. Ein weites Netz, feinmaschig, spannt sich über sein Gesicht. Die Furchen sind unwiderruflich, selbst das neue Bügeleisen, von dem ein großes Plakat, das in die Bahnhofswelt hineinleuchtet, kündet, wird sie nicht wieder aus dem Gesicht holen können. Er schaut mich an, guckt wieder weg. Diese Augen sehen mich nicht. Vielleicht etwas anderes, hinter der Nacht, hinter dem Zug, weit weg. Die Türen zischen leise und die nächste Portion von Suchenden betritt lärmend das Abteil.

Es sind Kinder. Zuerst betritt ein schöner Junge die nächtliche Bühne. Markenklamotten umschmeicheln seinen schlaksigen Knabenkörper und ein Hauch von Aftershave kitzelt unsere Nasen. Gekonnt schwingt er sich um eine Haltestange zum Fahrkartenentwerter und schaut triumphierend ins Publikum. Natürlich hat er eine Fahrkarte, er fährt doch nicht schwarz! Seine Augen blitzen, er sprüht vor Vitalität. Steht allein da. Wir schweigen und schauen der Jugend nicht ins Gesicht. Eine Orange rollt vor seine Füße. Er kickt sie weg und sein Blick wird hart. Schnell dreht er sich um und ruft seine Clique.

»Hey, kommt endlich, ihr Lahmärsche, die wartet nicht ewig.« Ein kurzer Blick, er erwischt meine Augen, ich halte stand, er wendet sich ab und schiebt den Rest zwischen den Zähnen hervor, dass es zischt. »Is eh nix los, nur lauter Schlafwandler.« Er lacht über den eigenen Witz und winkt großzügig sein Gefolge herein. Es sind insgesamt sechs, drei Jungs und ebenso viele Mädchen. Alle sind teuer angezogen und wirken wie Paradiesvögel in diesem grellen Käfig. Und doch, sie passen zu uns, fügen sich in diese Nachtgesellschaft mit dem leisen Klicken der sich schließenden Türen ein. Dann bedenken sie uns mit abschätzenden Blicken und beginnen lauthals ein Streitgespräch. Ich weiß schon bald nicht mehr, worum es geht. Irgendetwas über die Vor- und Nachteile eines neuen Computerspiels mit dem Namen »Counterstrike«. Die Freunde zerreden die summende Stille, während wir sie beobachten, verhohlen, oder offen, wie der alte Mann mir gegenüber. Er runzelt die Stirn seit sie eingestiegen sind und sein Blick ist nicht mehr so leer wie vorher. Der linke Fuß wippt unaufhörlich. Langsam werde ich nervös. Es sind doch nur Kinder. Schließlich beginnt sich das Thema zu ändern.

»Hey, dreh mal deine Anlage lauter, wir bringen mal 'n bisschen Leben in die Bude!« Sofort dröhnt es aus einem kleinen Gerät, das silbern aus der Hosentasche eines Jungen blitzt. Dann werden die ersten Bierflaschen aus dem Tommy-Hilfiger-Rucksack geholt. Die drei Mädchen beginnen unter dem Johlen der Jungs an den Haltestangen zu tanzen. Das nächste Lied, irgendetwas von Destiny's Child glaube ich zu wissen, kommt und geht. Wir sausen weiter durch die Nacht. Bei den nächsten Haltestellen steigt niemand aus oder ein. Die meisten Fahrgäste schlafen trotz der Musik weiter oder tun zumindest so. Der Rest schaut gleichgültig auf die Bühne. Das scheint die Gruppe anzustacheln. Die

Mädchen tanzen immer wilder und schwingen gekonnt die Hüften. Sie zeigen viel Haut und die Jungs sind schon ganz rot vor Aufregung. Der Älteste greift sich schließlich das Mädchen mit dem kürzesten Rock und schiebt diesen ein wenig hoch. Sie schaut uns erstaunt an, weil er hinter ihr steht und öffnet ihren rotgemalten Mund. Wie viel liegt in diesem Blick, so flüchtig geworfen über unsere Reihen, über uns, das Publikum? Ich weiß es nicht. Dann wirft sie sich theatralisch an den Jungen und sie küssen sich innig. Der alte Mann mir gegenüber räuspert sich. Ich blicke ihn an und sehe eine ungeheure Wut in seinen Augen. Wie alt er wohl ist? Vielleicht siebzig, groß geworden zwischen und in den Kriegswirren unserer Vorfahren. Sie können höchstens dreizehn oder vierzehn sein. Sind sie so alt wie der Mann, als er vierzehn war? Ich glaube, ich denke für diese Uhrzeit entschieden zu viel.

Der rockschiebende Junge hat das Räuspern gehört. Sein harter Blick eilt zu dem Mann. Er ist ungläubig, fast überrascht. Ein tiefer Schluck aus seiner Bierflasche, er rülpst laut, dann kommt der Junge langsam zu uns herüber, das Mädchen immer noch im Arm. Als er vor uns steht, leicht schwankend, sehe ich, dass er um einen Kopf kleiner ist als ich, dass er dänisches Starkbier trinkt und dass er mit irren Augen in die Welt blickt, letzteres zweifelsohne auch ein Resultat des Alkohols. Er hebt seine Hand, an der eine Rolex hängt, und rüttelt sacht an dem abgewetzten Karohemd meines Gegenübers. »Is was, Alter? Hast du ein Problem?« Seine Stimme ist leise und so freundlich, dass ich anfange zu zittern. Der Mann schaut aus dem Fenster, dann steht er langsam auf. »Ja, es ist etwas. So ein Benehmen in der Öffentlichkeit ist ja wohl das Letzte! Wie alt seid ihr eigentlich?« Der Junge ist verdutzt. Von uns anderen hat sich keiner gerührt. Die Frau hat aufgehört zu schnarchen, doch ihre Orangen rollen immer noch durch das Abteil und eine stößt gerade an die zerfledderten Schuhe des Alten. Er ist ein wenig größer als der Junge, doch seine Silhouette ist sehr viel schmaler. Er ist schwach von den vielen Lebensjahren und sein Rücken ist gebeugt. Vor ihm steht der Spross wohlhabender Eltern, gut genährt und unbesorgt, doch zutiefst gekränkt. Aber er weiß, wie er mit solchen Spielverderbern umgehen muss. Oh ja, das wusste er schon, als er eingestiegen ist. Ich lese es in seinen Augen. Man muss sie beseitigen, denn er möchte weiterspielen. Der erste Faustschlag geht mitten ins Gesicht. Der Alte zuckt zurück, doch die Wucht lässt ihn beinahe stolpern. Die nächsten Hiebe gehen in die Magengrube und ohne Pause hagelt es Tritte in den Unterleib. Der Junge teilt aus und lächelt. Die Mädchen haben sich zurückgezogen, doch die anderen beiden Jungen kommen näher. Das Abteil wacht auf. Der Blick des Alten ist überrascht, er hat damit nicht gerechnet und wehrt sich nicht. Die anderen Fahrgäste gaffen müde. Langsam beginnt ein schmales Rinnsal Blut aus der Nase des alten Mannes zu laufen und seine Beine knicken weg. Dann sackt er zu Boden. Ein leiser Schlag auf dem Metall. Niemand hört ihn. Die Bahn fährt mit leisem Summen weiter, das grelle Licht brennt ruhig und die Frau schnarcht weiter, während die drei Freunde auf den liegenden Mann eintreten. Vor allem in den Bauch. Sie tun es ruhig und leise. Ich sehe sie an und kann mich nicht rühren, ich will auch nicht. Der älteste lächelt noch immer. Irgendwann kommt eine Station in einem der Villenviertel. Ich kann seinen Atem nicht mehr hören. Nur noch das Keuchen der Jungen und das Atmen der Menge. Ich glaube, sie wollen aussteigen. Ich will aufspringen, sie beim Kragen nehmen und schütteln, lange schütteln. Und schreien, nur noch schreien. Ich kann nicht. Sie verlassen den Zug. Im letzten Moment, die Türen zischen schon, die Mädchen sind vorausgeeilt, höre ich sie noch einmal: »Dreckiges Nazischwein!« Dann sind sie fort. Die Frau dreht sich auf die Seite und auf einmal ist es still, sehr still. Ich muss gleich aussteigen. Er liegt ganz ruhig da. Ich nehme einen anderen Ausgang. Doch, ich hoffe, immer wieder.

Katharina Weil

Erntezeit

Deine Hand voll Pflaumen.
Meine Haut, brachliegendes Land.

Vor deiner Scheune häufst du das Laub zusammen,
und im Speicher unserer Jahre die letzten Silben
wie ich die meinen.

Für jeden von uns
genau einen Mund voll Schmerz.

Bei Rose Ausländer

Ich wohne bei einer alten Zauberin.

Wenn einer die Schatten auslegt im Abendgarten,
ruft sie ihren Schwarm aus Worten herbei und
lässt ihn landen mit sanftem Flügelschlag
im feuchten Gras.

In seinem Flaum wischt sie sich das Schweigen
von den Lippen.

Wenn einer die Schatten auslegt im Abendgarten,
fliegen wir im Schwarm ihrer Worte
über Niemandes Land und schütteln uns Hoffnung
aus all seinen Sternen.

Friederike Kenneweg

Über den See

Tine zieht sich aus, legt ihre Kleider zusammen und stopft sie in ihren Beutel: einen Rock, eine Bluse, den BH und den Slip. Zuoberst legt sie das jetzt schon vom Waldboden sandige Handtuch und ihre Brille. »Schade, dass du nicht mitkommen willst«, sagt sie zu Hans-Peter und hält ihm den Beutel hin. Aber Hans-Peter mag nicht im See schwimmen, zumindest nicht bis ganz rüber, über die tiefen Stellen, bei denen man nie sicher sein kann, was sich darunter befindet. Algen? Große Fische? Schlingpflanzen? Ein Ungeheuer? Und dabei ist es heute richtig warm, ein schöner Tag im Juni. Tine liebt es, zu schwimmen und sich im flaschengrünen Wasser treiben zu lassen. Hans-Peter wird also unterdessen zu Fuß um den See herum gehen, über dem Arm den Rucksack mit ihren Sachen. Als ihr das Wasser schon bis zum Bauchnabel reicht, dreht sie sich noch einmal zu ihm um und winkt, bevor sie sich mitten rein wirft in die dunkelgrüne Kühle. Sie macht zuerst ein paar rasche Schwimmzüge, um aus dem Schatten der Bäume im Uferbereich herauszukommen. Dann geht sie zu ruhigen und gleichmäßigen Bewegungen über. Tine blinzelt zur anderen Seite hinüber. Da ist ein kleiner Strand, das hat sie vorhin gesehen, bevor sie ihre Brille Hans-Peter anvertraut hat. Jetzt kann sie, kurzsichtig wie sie ist, nur noch sehr verschwommene Formen erkennen. Mitten im See und fast blind. Das andere Ufer ist ein formloser, grüngrauer Streifen, im Wasser bunte Kleckse – Mütter, Väter, Kinder, die gemeinsam im Wasser spielen: das mit Weichzeichner bearbeitete Bild der glücklichen Familie. Das Glitzern auf dem Wasser blendet. Tine dreht sich auf den Rücken und schaut in den blauen Himmel. Wasser im Ohr. Das gluckst. Hans-Peter und Tine. Tine und Hans-Peter. Hans-Peter, wie er an den anderen Sonntagsausflüglern vorbei über den sandigen Waldweg läuft, ihr entgegen, zum Treffpunkt auf der anderen Seite. Was er wohl gerade denkt, auf dem Weg um den See?

Tine stellt sich sein Gesicht vor, die spöttische Falte an seinem Mund, seinen Tonfall beim Sprechen, manchmal ein bisschen näselnd. Diesen Tonfall behält er bei, auch wenn er Englisch spricht: Auf Englisch und auf Deutsch ganz derselbe. Sie muss lächeln, als ihr einfällt, wie versiert er sich immer gibt, aber wie unsicher er wurde, als zwischen ihnen das gewisse Prickeln begann. Hans-Peter und Tine: das geht gerade mal seit zwei Wochen. Sie hätte nie gedacht, dass sie sich eines Tages in einen Physikstudenten verknallt, der auch noch Hans-Peter heißt. Komisch genug, dass jemand, der noch nicht dreißig ist, einen solchen Namen hat. Aber als sie das hörte, hatte sich alles schon entschieden. Auf einer Hochzeit hatten sie miteinander getanzt, sich dabei in die Augen geschaut, und auf einmal war alles ernst geworden, die Blicke, das tänzerische Spiel aus Nähe und Distanz – und schließlich waren sie ganz vertraut miteinander, ohne überhaupt zu wissen, wie der andere hieß. Dieses Gefühl hatte Tine sich während der letzten zwei Wochen immer wieder staunend in Erinnerung gerufen, hatte es hervorgeholt, wie man eine glänzende Kostbarkeit hervorholt, sie vorsichtig poliert und betrachtet, ängstlich darauf bedacht, sie nicht kaputt zu machen.

Als sie im Morgengrauen zu zweit aus dem Lokal stolperten, war es gar nicht leicht, zur Sprache zurückzufinden. Der Kopf war ein leergefegter Tanzsaal, die Worte wie Holzbeine, mühsame Schritte nach den raschen Bewegungen der letzten Stunden. Namen und Orte bröckelten nur langsam aus ihnen hervor. Hans-Peter, Physikstudent in Harvard, USA, nur für vier Wochen in Deutschland, vielleicht wieder an Weihnachten in Berlin, da wohnt seine Mutter. Tine, Philosophie und Skandinavistik, Magister, Freiburg. Heute zwei Tage bei ihm auf Besuch, bevor er wieder über den Ozean fliegt. So schnell geht das. Die Worte fallen noch immer sehr vorsichtig. Keine Beteuerungen, keine Versicherungen, nur »Wie schön, dass du hier bist.« Wer braucht auch schon mehr. Und wenn er weg ist: Warten bis Weihnachten. Die Gefühle so lange auf Eis gelegt. Tine stellt sich eine spiegelnde Eisfläche vor, darauf die erfrorenen Gefühlsstücke, wie Rehfleisch in der Tiefkühltruhe, hart und starr. Und auf dem Eis zwei Tänzer auf Schlittschuhen, auf seiner Seite jeder für sich. Blinzelnd, strampelnd dreht sie sich wieder auf den Bauch. Fast die Hälfte ist schon geschafft. Das andere Ufer scheint aber gar nicht mehr näher zu rücken. Gleich weit in beide Richtungen. Lieber sich noch ein bisschen treiben lassen. Nicht dass sie in der Mitte des Sees einen Krampf kriegt. Ihre Füße sinken nach unten ab. Schon merkwürdig, gar nicht zu wissen, was da unter einem ist. Ein Schauder, ein Schreck – nein, kein Fisch, es war nur ein Stöckchen an ihrem Fuß, das jetzt mit kleinen Schaukelbewegungen zur Seite treibt, vor Feuchtigkeit in der Sonne glänzend. Schwimmt sie noch in die richtige Richtung? Aus dem verschwommenen Graugrün, das das andere Ufer ist, bilden sich langsam deutlichere Formen heraus. Von einem Baum springen halbwüchsige Jungs ins Wasser. Einer schaukelt an einem Seil und lässt sich am äußersten Punkt der Bewegung fallen. Hauptsache, Hans-Peter entpuppt sich nicht gerade jetzt als einer, der mit ihren Sachen abhaut und sie nackt und allein am See zurücklässt. Tine malt sich aus, wie sie auf der anderen Seite aus dem Wasser kommt, wartet, kein Hans-Peter weit und breit, und wie sie eine Familie um ein Handtuch bittet und eine andere um Geld für den Bus. Es wäre auch schon schlimm genug, wenn er sie nur an der anderen Seite warten ließe, heimlich zwischen den Bäumen hindurchschielend, um ihre hilflose Reaktion zu beobachten. Wäre er der Typ für so einen Streich? Unmöglich ist das nicht. Aber nein, sie vertraut ihm. Oder vielleicht auch sich.

 Tine hält wieder zielstrebig auf den kleinen Strand zu. Die letzten Meter schwimmt sie schnell, und schon weit vor dem seichten Bereich, in dem die Kinder spielen, probiert sie, ihre Füße auf den Grund zu stellen. Hier noch nicht. Das grüne, das bodenlose Gefühl. Tine bleibt noch im tieferen Wasser. Noch ist ihr vom Schwimmen warm. Am Strand ist niemand zu sehen, der nach Hans-Peter aussieht. Und wenn er sie doch hier sitzen lässt, nackt und blind? Aber das macht er nicht, das passt nicht zu ihm. Eine Fernliebe über den Atlantik, passt die zu ihm? Wird er sie häufig anrufen und E-Mails und Briefe schreiben, damit die Vertrautheit bleibt?

Wird auch er das vertraute Gefühl wie eine Kostbarkeit polieren und pflegen und vorsichtig anfassen, damit es nicht zu einer fernen Erinnerung wird? Das Planschen macht keinen Spaß mehr, es wird langsam kalt. Tine lässt wieder ihre Füße nach unten sinken und berührt den schlammigen Boden. Dann begibt sie sich in Richtung Ufer. Sie setzt sich auf einen ins Wasser ragenden Baumstamm, die Beine seitlich angewinkelt, einen Arm aufgestützt, und lässt sich in der Sonne trocknen. Es fühlt sich komisch an, nackt an einem Strand zu sitzen wie eine Nymphe, Tine kann nicht mal sehen, ob sie irgendjemand anstarrt. Wo Hans-Peter bloß bleibt? Hat er sich vielleicht doch hinter einem Baum versteckt, um sie zu beobachten? Tine bemüht sich um eine gleichmütige Haltung. Das Warten macht jetzt schon kühl.

Als Hans-Peter endlich kommt, ist er erhitzt vom Laufen und möchte doch noch mal ins Wasser, hier, wo man den Grund sehen kann. Sein weißlicher Körper drückt sich weich an den ihren. Er lächelt ihr zu, und Tine friert. Eine spiegelnde Fläche, zwei Tänzer. Unter dem Eis sitzt ein Ungeheuer, das wartet schon drauf, dass es taut.

Hans-Peter planscht prustend im flacheren Wasser, und Tine will gehen.

Anne Zegelmann

Der Abschied des Herrn Hannes Diesel

Wenn die Falttüren sich mit einem gleichgültigen Leiern aufschoben, war es uns jedes Mal, als gähnte die schlechte Luft im Bus uns mitten ins Gesicht. Es roch nach altem Sitzbezug, Staub und vergammelten Pausenbroten. Sobald wir Schulkinder uns in die lange Schlange eingereiht und die erste Stiege hinein in den alten Autobus genommen hatten, sobald die müden Augen sich an das schummrige Morgenlicht gewöhnt hatten, das in solch öffentlichen Verkehrsmitteln nur spärlich durch die zerkratzten Scheiben fiel, war Hannes Diesel die erste Person des Tages. Er saß da, zuverlässig wie ein Uhrwerk, jeden kalten Montag im Winter ebenso wie jeden heißen Freitagmorgen kurz vor den Sommerferien. Diesel sei ein Sozialist gewesen, hetzte mein Vater. Mir war das egal, denn der kleine, dicke Busfahrer war nett und lächelte jeden an, der ihm die zerknickte Schülerfahrkarte für dreißig Mark im Jahr unter die Nase hielt.

Niemand von uns machte sich je groß Gedanken über den braven Mann mit der blauen Fahreruniform und der dunklen Schiebermütze, die hoch oben auf seinem immer ein wenig rötlichen Kopf thronte. Hannes Diesel gehörte zum Schulalltag wie Käsebrot mit zu wenig Butter.

Genau genommen fiel uns seine leibhaftige Existenz erst an dem Tag auf, an dem er nicht mehr da war. Eines Mittags hockte vorne links auf dem Fahrersessel ein schlaksiger Vierzigjähriger mit schlechten Zähnen und fettigem Haar, das rechts und links und vor allem hinten aus seiner speckigen Fahrermütze hervortroff. Er stellte sich nicht vor und erklärte uns nicht, wo Hannes Diesel geblieben war, der uns im nebligen Morgengrauen des selben Tages noch zur Schule gefahren hatte. Erst fragten wir nicht, doch als uns auch am nächsten und übernächsten Tag der schlechte Atem des neuen Busfahrers hinter der Falttür entgegen kam, wunderten wir uns. Was war nur mit dem gutmütigen, dicken Hannes Diesel geschehen?

Zum ersten Mal tauchte er genau eine Woche später auf. Luise und ich saßen schon im Bus und stritten uns um Kleinigkeiten, als sein dicker Bauch im hellblauen Hemd hinter dem Halteschild hervorlugte.

»Schau mal, das da ist doch der Diesel«, sagte ich zu Luise.

Sie sah ihn erst nicht, doch schließlich, als sich der Platz vor dem Bus, in dem wir saßen, immer mehr lichtete, weil all die lärmenden Schüler ebenfalls einstiegen, sah sie ihn auch.

Hannes Diesel rührte sich nicht. Er stand nur da, stand hinter dem Halteschild, und war in seiner Privatkleidung kaum wiederzuerkennen. Nur ein kleiner, trauriger alter Mann mit seiner stählernen Thermoskanne in der Hand, die früher ebenso penibel ihren Platz in der Fahrerkabine im Schulbus gehabt hatte wie er selbst.

Von da an ging es jeden Tag so. Morgens sahen wir ihn nie, doch was seine nachmittäglichen Besuche anging, war er genauso pünktlich, wie er es immer gewesen war.

Hannes Diesel war ein zuverlässiger Mensch.

Es tat uns Leid, ihn so nutzlos stehen zu sehen.

»Entschuldigen Sie«, sagte Luise, die die Mutigere von uns beiden war, eines Tages zu dem neuen Busfahrer, »kommt Herr Hannes Diesel denn nicht wieder?«

»Ist ausgeschieden.« Der Schlaksige spähte desinteressiert aus dem Fenster.

»Aber warum denn?«, fragte ich entsetzt und vergaß, Luise das Reden zu überlassen.

»Aus Altersgründen.«

Und Mittag für Mittag kam Diesel wieder. Seine traurigen Augen waren nicht auszuhalten.

»Vielleicht ist er«, sinnierten wir, »nur aus Gewohnheit hier. Oder er möchte gerne mitfahren und kann sich kein Ticket leisten.« Wir glaubten das zwar selbst nicht so recht. Trotzdem zogen wir in Betracht, unser Taschengeld zu sparen, um ihm eine Busfahrkarte zu kaufen.

Zwei Tage lang sah und hörte niemand etwas von dem pensionierten Busfahrer.

Doch dann, an einem Mittwoch, schepperte es. Ein Auto war auf unseren Bus aufgefahren und hatte ihn hinten verschrammt. Fluchend stieg der neue Busfahrer aus, um den Schaden zu begutachten.

Und genau in dem Moment sahen wir Diesel. Er sah sich rechts um und links, zwinkerte dann einmal kurz mit beiden Lidern und hechtete unter Keuchen die Busstufen hinauf.

Ein Raunen ging durch die Schülermenge in den kaugummibeschmierten Sitzen, als er sich in den Fahrersessel fallen ließ und die Zündung startete. Luise und ich tauschten Blicke.

Die Falttür schloss sich, und unter überraschtem Getuschel und mit quietschenden Reifen jagten wir aus der Einfahrt hinaus.

Schweigend fuhr Diesel, und in seinem Gesicht war keine Regung zu spüren, doch seine Hände umklammerten das Lenkrad wie einen letzten Rettungsanker.

An jeder Haltestelle stiegen Menschen zu, die den alten Busfahrer erkannten und freundlich grüßten. Diesel lächelte nur.

An der Endstation mussten auch wir aussteigen. Nachdem wir alle anderen vorgelassen hatten, drehten wir uns auf der letzten Busstufe noch einmal zu Diesel um.

Zufrieden lächelnd lehnte er in seinem Sessel und strich mit den Händen über das Lenkrad.

»Schön, dass Sie zurückgekommen sind«, sagte Luise in seine Richtung, und dabei war ihr Hals ganz trocken, denn sie schluckte.

Einen Moment noch betrachtete Hannes Diesel uns schweigend. »Ich musste doch meine Runde noch zu Ende fahren«, gab er schließlich zurück.

Mit einem Schulterzucken sprangen wir auf den Asphalt und hörten noch, wie die Falttür sich leise ziehend hinter uns schloss.

Benjamin Kilzer

Sommer im Café

Leise knisternd zündete sich der Mann eine Zigarette an. Die Frau beachtete dies kaum, erinnerte sich nur noch mal daran, dass sie mit ihm in der Flügeltür beinahe zusammengestoßen wäre. Beide hatten sich betroffen entschuldigt und waren dann nacheinander in das Café eingetreten. Die Frau lächelte immer stumm, wenn sie sich an das Café erinnerte.

Sie fragte sich, ob ihr Mann vielleicht ebenfalls in diesem Moment an das Café dachte. Hier war noch der einzige Punkt, wo sie an eine Art Gedankenübermittlung glaubte. Ihre Wohnung war nicht weit. Höchstens fünf Minuten bei schnellem Gang. Doch vielleicht bildete sie sich dies auch nur ein, als einen kleinen Hoffnungsschimmer.

Der Kellner kam mit ihrem Kaffee.

»Ihnen darf ich noch immer nichts bringen?«, fragte er den Mann.

»Nein, danke«, erwiderte dieser.

Die Frau wurde aufmerksam. Aus den Augenwinkeln bemerkte sie auch jetzt, dass der Mann sie anschaute. Oder in ihre Richtung schaute. Sie dachte dabei an Richard und seufzte. Der Mann räusperte sich und stand auf. Sie setzte plötzlich einen starren Blick auf und sah trotzdem, wie er näher kam und sich ihr gegenüber setzte.

»Sie sehen sehr traurig aus«, sagte er.

Er fragte viel mehr. Sie schaute aus dem Fenster und erwiderte nichts.

»Möchten Sie eine Zigarette?«

»Nein, danke. Ich rauche nicht.«

»Tja, das sollte ich mir vielleicht auch noch vornehmen. Man muss sich das mal vorstellen. Man zahlt Geld und verliert quasi mit jedem Cent ein Stückchen Leben. Ist das nicht ironisch?«

Jetzt schaute sie ihn an. In diesem Moment trafen sich ihre Blicke.

»Tommy Burton«, sagte er zufrieden.
Sie lächelte mild. Er sagte gleich Tommy, nicht Thomas.
»Maria Ansseck.«

Das ständige Flackern machte ihn noch nervöser. Er starrte in seine Zeitung und wusste doch eigentlich nicht genau, was er las.

»Überfall auf die Bundesbank ... Paket mit Hose des Gouverneurs landete am Nordpol ... Kartoffelkäfer sollen in Zukunft nur noch natürlich entfernt werden ... Man erhofft sich eine Senkung der Arbeitslosenzahl ...«

Doch das kümmerte ihn nicht. Alles unwichtig. Auch Carmen kümmerte ihn nicht, die ab und zu einzelne Klaviertöne hervorbrachte und ihn immer noch erwartungsvoll ansah. Er dachte nur an Maria. Wieso war sie gegangen?

Man hätte doch über alles reden können. So etwas kommt vor in einer Beziehung, und man kann das erklären. Deswegen soll jetzt alles kaputt sein. Nun war sie davongerannt und er hatte nichts getan, als hier zu sitzen und sich Vorwürfe zu machen. Carmen war dageblieben. Doch er hatte nicht mal mehr mit ihr gesprochen.

Manchmal versuchte sie etwas zu sagen, doch er blockte entweder komplett schweigend oder barsch und schnell antwortend ab.

Er seufzte. Wie konnte das nur passieren?

Er dachte an den Sommerabend. An diesen herrlichen Sommerabend, an dem er sie das erste Mal getroffen hatte. Sie waren an diesem Haus, wo sie später auch immer hingegangen sind. Sie war schüchtern, ihm aber doch so nah. Wie einem scheuen Pferd musste er ihr zureden. Sie sagte fast nichts.

Und es blieb dabei. Bis heute.

Richard warf noch einmal einen Blick in die Zeitung. Der 6. Juli 2005. Dabei fiel ihm ein kleiner Artikel auf, den er vorhin wohl übersehen hatte: »Der Inhaber des Berghauses in Cansas, Texas, hat sich nun endgültig zu einem Verkauf entschlossen. Sein Mindestangebot liegt bei 335 000 Dollar. Das Haus hat eine herrliche Lage, mitten im träumerischen Nichts. Fotos und Weiteres dazu auf Seite drei.«

Richard blickte auf. Mit einem Schlag kam ihm die Idee. Er träumte, sah sich mit Maria dort stehen, die Ruhe genießen und eine leidenschaftlich schöne Zeit verbringen.

Er hörte Carmen jetzt Klavier spielen. Sie spielte die Melodie von Auld Lang Syne ...

Das war nun endgültig das, was Richard zu einem abrupten Aufspringen hinriss. Er wusste selbst nicht warum. Vielleicht hielt er es für ein Zeichen. Carmen erschrak so heftig, dass sie sich arg verspielte und sich verdutzt umdrehte. Doch da war Richard bereits aus der Tür und hörte auch ihren Ruf nicht mehr, als er sich schon zwei Etagen tiefer im Treppenhaus befand. Er sah noch kurz auf seine Uhr: 19.36.

»Oh, schon zwanzig vor acht. Ich muss gehen.«

Maria blickte ihn, das Gesicht auf eine Hand gestützt, fasziniert an. Sie dachte. Und fühlte. Und dann wurde sie wach.

»Nein, bleib noch. Wenigstens ein bisschen. Wir könnten doch noch etwas trinken gehen.«

»Ich muss wirklich los. Es ist wichtig«, sagte er, wohl gespielt bedrückt. Sie wollte gerade Luft holen, um etwas zu sagen, da kam er ihr zuvor.

»Also«, sagte er schon beim Aufstehen, nahm seinen Mantel, warf ihn sich mit einer Hand über die Schulter und trabte Richtung Flügeltür.

Sie starrte ihm erschrocken und ängstlich nach. Sie wollte gerade aufstehen, da drehte er sich um und sagte:

»Du weißt, wo du mich findest.«

Er ging hinaus.

Sie sah auf die Uhr. Der Zeiger schob sich auf 41. Sie überlegte schnell und krampfhaft, ob sie hinterherlaufen sollte. Was wäre, wenn ...

Richard riss die Uhr hoch. Der Zeiger schob sich gerade auf 41. Noch zwanzig Meter bis zur Ecke, dann bog man rechts ein und gelangte in die lange Passage, auf deren rechter Seite das Haus lag.

Texte der Preisträger

Autorenwerkstatt

Benjamin de Haas

Sommer

Das ist

wie die Hand riecht
wenn sie durch Blauluft und
Felder gefahren ist

wie die Luft schmeckt
wenn es morgens noch ein bisschen kalt ist
und man trotzdem
kurze Hosen anzieht

Das sind

heruntergelassene Scheiben und
vorbeifahrende Automusik

Schweißflecken
Eiswürfel
und Freibad-Pommes

Sommer bist Du

mit diesen kleinen Punkten
auf deiner Nase
die ich so mag

Sommer ist lachen und weinen
und heiß
und Donner
und schwül und schwitzen und küssen und schlafen
in offenen Räumen
auf lauwindigen Betten
mit sssnden Mücken

Daniela Wolf

Notwendigkeit des Krieges

»Feige Sau!«

Sternhaufen explodierten vor seinen Augen, als sein Kopf von der Wucht des geradlinigen Schlages zur Seite geworfen wurde. Schmerz detonierte in den Synapsen seiner Nerven, flutete die neuralen Bahnen und blockierte jeden Gedanken.

Mel taumelte zurück, hob instinktiv die Arme, um sein Gesicht zu schützen. Dem letzten Schlag folgten weitere, bis sich seine oberen Extremitäten taub anfühlten und das Fleisch dunklere, farbenfrohere Tönungen annahm.

Der große, leicht untersetzte Mann versuchte seinerseits einen Schlag zu landen, doch sein Gegner ließ das nicht zu, trieb ihn geradewegs in die mit Gummimatten verkleidete Ecke, wobei er weitere Beschimpfungen ausstieß. Sie trafen ihn ebenso hart wie die Schläge, fraßen sich zu dem durch, was darunter lag: Wut und Zerstörungswille.

Doch vorerst war es ihm nicht vergönnt, diesem Gefühl nachzugeben. Buchstäblich in die Ecke gedrängt, blieb ihm nur noch der Schutz, den ihm seine erhobenen Arme boten, in denen sich nach und nach ein taubes Gefühl ausbreitete.

Das Licht der nackten, ein wenig staubigen Glühbirne flackerte für einen kurzen Moment und ging dann aus. Ein Knacken durchschlug die Luft, dann ertönte ein wenig blechern die stets gereizte Stimme seines Vorarbeiters: »Verdammt, Melchior! Geh ran! Scheiße, sei nicht so zimperlich!«

Mel hörte die Worte kaum, das Blut rauschte in seinen Ohren und sein Kopf fühlte sich benebelt an. Doch er bekam mit, dass das Licht ausgegangen war, dass sein Gegner für einen Moment innehielt.

Mit einem zornigen Aufschrei stürzte er sich auf den rothaarigen, einen halben Kopf kleineren Mann, versenkte seine geballte Faust tief in der Magengrube des anderen. Jener stöhnte auf, taumelte zurück, während Mel diese Hilflosigkeit ausnutzte, indem er einen Aufwärtshaken gegen das Kinn platzierte. Im selben Moment kam das Licht wieder, beschien den Triumph Mels, während ein heller, beinahe schneidender Ton das Ende seiner Schicht angab.

»Mann, Mel«, stöhnte König, sein Partner bei der Arbeit, »du hast es wohl auf eine Gehaltserhöhung angelegt.«

Mel grinste flüchtig und offenbarte dabei die blutigen Zahnreihen – ein typischer Berufsschaden, der glücklicherweise von seiner Krankenkasse abgedeckt wurde.

»Lass mal«, wehrte er ab, während er dem Rothaarigen auf die Beine half, »heutzutage bekommt man nichts mehr bezahlt, schon gar nicht zusätzlich. Kein Wunder, dass der Strom knapp wird, keiner will für diesen Hungerlohn arbeiten.«

Die Tür öffnete sich mit einem Knarren, und man sah drei Männer, zwei davon in der typischen Kleidung der Elektrizitätswerkarbeiter: Sportkleidung und bandagierte Hände. Der dritte war sein Vorarbeiter, in erster Linie dafür zuständig, die Arbeiter anzufeuern, wenn diese nicht genügend Einsatz zeigten.

»Melchior«, sprach er ihn auch gleich an, »die letzte Minute war nicht schlecht, aber ansonsten hast du stark nachgelassen.«

Mel verzog missmutig das Gesicht, als er die lange Form seines verhassten Namens hörte: »Keine Sorge, ich bin nur ein wenig erschöpft. Aber nächste Woche trete ich meinen Urlaub an.«

Der Vorarbeiter wollte noch etwas sagen, doch gerade da ging das Licht von neuem aus. Während Mel zusammen mit seinem Partner den Arbeitsraum verließ, hörte er auch schon die schnarrende Stimme, die wie immer Befehle erteilte – und anfeuerte.

Sie schlugen den Weg zu den Duschen ein. Noch immer rieb sich sein Partner das Kinn und sagte schließlich: »Ich hoffe mal, du hast mir nichts gebrochen.«

»Dann würde dir das Sprechen schwerer fallen«, er sprach da aus Erfahrung, »geh eben noch zum Arzt.«

König verzog das Gesicht, zuerst angewidert, dann vor Schmerzen.

»Geht nicht«, nuschelte er, »ich will nachher noch zur Demo.«

Mel klopfte ihm auf die Schulter: »Keine Sorge, die Ent-

scheidung steht so gut wie fest. Es wird Krieg geben, du kannst also ruhig zu Hause bleiben oder zum Arzt gehen.«
König nickte, wenn auch nicht vollkommen überzeugt.
Erneut ging das Licht aus. Mel fluchte – vermutlich waren gerade Lehrlinge am Werk.
Sie schritten durch die kurz darauf wieder hell erleuchteten Gänge zu den Duschräumen, froh über die elektronische Fußbodenheizung, denn die Idioten der Zentrale hatten mal wieder die Klimaanlage zu hoch eingestellt.

Die Nacht war warm und die Luft aufgeheizt von den sommerlichen Temperaturen des Tages. Vermutlich hatte sich bereits Dunkelheit über die Stadt hinabgesenkt, sicher konnte es Mel jedoch nicht sagen. Es war schwer, in all dem Licht der Schaufenster und Reklamen noch den Himmel zu sehen – momentan war er ohnehin dankbarer für die großen Ventilatoren, die an jeder Hauswand angebracht waren.
Schon während er die Hauptstraße entlangmarschierte, hörte er bereits die Kundgebung. Gegenüber der Bushaltestelle war an einer Hauswand eine große, hoch auflösende Screen angebracht. Neben den Tickern, die oben, unten und an den Seiten entlangliefen, gab es noch die reguläre Nachrichtenberichterstattung mit den Bildern von der Demonstration, lediglich unterbrochen von Aufnahmen der Regierung.
Mel zögerte – er war müde und hatte einen langen Tag gehabt. Anderseits fühlte er sich von den Demonstranten persönlich angesprochen und da es nicht weit entfernt war, konnte er ohne weiteres vorbeischauen.
Er beschleunigte den Schritt und bog dann um die Ecke. Der Platz vor dem Regierungsgebäude war überfüllt mit Menschen, eine bunte Flut aus Zehntausenden von Körpern. Transparente und Fahnen wurden hochgehalten mit Aufschriften wie »Krieg für Fortschritt« und »Ohne Krieg kein Leben«.
Am Rande der Demonstration waren einige Jugendliche, dünne Gestalten, die Mel vermutlich in der Mitte mit einer Hand hätte durchbrechen können. Sie beschimpften die Demonstranten, manche hatten sich auch auf den Boden

gesetzt und starrten stumm vor sich hin, das Urteil der Regierung abwartend.

»Diese Rotzlöffel«, keifte eine alte Frau mit Gehstock neben ihm, »sind nicht stark genug, um zu arbeiten und wollen auch noch den Fortschritt verhindern!«

Mel nickte zustimmend: »Ja, kein Wunder, dass so etwas nicht eingestellt wird. So einen würde ich ja innerhalb von Sekunden zusammenschlagen.«

Die alte Dame sah entzückt auf: »Oh, sie arbeiten im Kraftwerk?«

Mel warf sich stolz in die Brust: »Ja! Schon seit zehn Jahren.«

»Das finde ich großartig. Ach, es ist schon ein Segen, dass man mit Gewalt Strom erzeugen kann ... wissen Sie, zu meiner Zeit brauchte man noch Öl oder den Wind. Aber das ist alles nichts wert, hat nicht genug Bestand. Das Einzige, was ewig währt, ist die Aggression. Junger Mann«, Mel musste schmunzeln, denn er war doch schon um einiges von seinen jungen Jahren entfernt, »ich bin stolz auf sie, dass sie ihre Kraft für so etwas Nützliches einsetzen.«

Er nickte erneut: »Ja ... es tut mir Leid, dass wir vom Kraftwerk nicht mehr ausrichten können. Wir können den Bedarf nicht decken.«

»Ach, das muss ihnen doch nicht Leid tun. Sie machen, was sie können. Die Welt braucht eben viel Strom, da können Sie nichts dafür. Aber sobald die Regierung endlich den Krieg beschlossen hat, wird dieses Problem auch gelöst sein. Nichts bringt mehr Aggression als Krieg, das wird genug Strom liefern für die nächsten Jahrzehnte.«

»Ich habe gehört, dass sie dagegen sind«, knurrte Mel missmutig.

Die alte Dame winkte ab: »Ach was! Natürlich, die Politiker fürchten die Ausgaben! Sind doch alle gleich, wenn es ums Geld geht. Bei sich großzügig, aber knauserig, wenn es das Land betrifft. Aber ich bin zuversichtlich, dieses Mal wird schon die richtige Entscheidung getroffen werden.«

Mel teilte dieses Gefühl nur bedingt. Diese Ansammlung von Menschen ließ einen falschen Eindruck entstehen, denn längst waren nicht alle für den Krieg. Gerade Jugendliche, die nicht die körperlichen Vorraussetzungen für die Arbeit im Kraftwerk hatten, lehnten sich auf, aus Angst, man würde sie als entbehrliche Mitglieder der Gesellschaft in die Panzer verfrachten.

Da fiel ihm ein ... welches Land sollte denn angegriffen werden?

Bevor er sich weiter darüber Gedanken machen konnte, öffneten sich in weiter Ferne die Türen zum Balkon und einige in saubere Anzüge gekleidete Gestalten traten heraus. Mel war zu weit weg, als dass er sie hätte erkennen können, doch die Screens, die überall an den Wänden hingen, zeigten den Regierungschef und seinen Mitarbeiterstab.

Für einen Moment wurde es still auf dem Platz und sogar die großen Ventilatoren wurden zu Mels Unmut ausgeschaltet. Jemand stieß ihn von hinten an, als die Menschen nach vorne drängten, um alles mitzubekommen. Unnötige Vorsichtsmaßnahme, denn überall waren Mikrofone geschaltet.

»Bürger und Bürgerinnen ...«, es folgte der typische Anfang einer Rede, wie sie Mel noch nie interessiert hatte – bis auf den letzten Satz, »... wir haben Krieg!«

Für einen Augenblick hielt die Stille an, als würde jeder auf dem Platz den Atem anhalten. Dann, mit brachialer Gewalt, brandete Applaus auf. Jubelrufe wurden laut, Menschen lachten und umarmten sich und eine Welle der Fröhlichkeit und Erleichterung überrollte die Menge.

Und er wusste immer noch nicht, mit wem sie Krieg führten.

Uninteressant.

Mel wandte sich mit einem seligen Lächeln ab, schlenderte nach Hause. Er musste am Morgen wieder früh raus, aber das war nicht so wichtig. Er hatte ohnehin nur noch eine Woche bis zum Urlaub.

Christl Eberlein

Freie Übersetzung

»Jetzt ist es also so weit. Gleich werden sie kommen, werden mich holen. Ich sitze hier und warte. Ich warte auf sie.

Die anderen sind eingeschlafen. Peter! Hey, Peter! Wolltest du nicht eigentlich mit mir wachen? Er ist auch eingeschlafen. Und der Verräter ist bei den Feinden. Was sie ihm wohl zahlen? Wie billig wird er sich verkaufen? Wie billig wird er mich verkaufen? Vielleicht haben wir den Falschen für diese Aufgabe bestimmt? Nein, du hast den Richtigen erwählt. Du kennst ihn. Du fehlst nicht. Und du kennst mich. Ich bin bereit, wenn sie mich holen. Alles geschieht so, wie es geplant war. Ich warte auf sie. Sie brauchen nur noch zu kommen. Alle schlafen. Niemand wird ihr Kommen bemerken. Und wenn sie erst hier sind, dann ist es zu spät. Die Dinge nehmen ihren Lauf. Ich bin bereit. Ich bin bereit! Kann man überhaupt bereit sein für so etwas? Ist es denn wirklich nötig, dass sie kommen. Gibt es nicht doch eine andere Möglichkeit? Ich meine, jetzt, wo es so weit ist, bin ich mir nicht mehr so sicher. Vielleicht hätte es doch eine andere …! Ach, ich weiß nicht. Ich weiß gar nichts mehr. Bis eben war noch alles klar. Ich war bereit. Wie es geplant war: Er geht zu ihnen, sie warten auf ihn. Er sagt ihnen, wo ich bin, er wird dabei sein, wenn sie kommen. Sie werden mich ergreifen, sie werden mich mitnehmen … Und wenn ich einfach nicht da bin? Wenn ich nun gehe und sie mich hier nicht finden? Ich könnte mich einfach aus dem Staub machen. Verstecke mich, bis der ganze Wirbel vorbei ist, bis sie mich vergessen haben. Dann kann ich leben. Ich will weiterleben.

Aber ich werde da sein, wenn sie kommen, ich muss. Sie werden mich finden und er wird dabei sein. Verräter. Wird er mit dem Finger auf mich zeigen? Wird er aus dem Augenwinkel schielen und flüstern: *Der da, der ist es, den ihr sucht!* Ach nein – ein Kuss. Der Kuss. Er brennt mir bereits jetzt auf der Haut. Gibt es denn wirklich keine andere Möglichkeit? Ich will nicht! Ich will nicht!!! Warum verlangst du das von mir? Liebst du mich denn nicht mehr? Warum? Was habe ich denn falsch gemacht?

Ich habe Angst. Ich habe schreckliche Angst. Sie werden mich ergreifen. Widerstand ist zwecklos. Sie werden mich fortbringen. Worte sind überflüssig. Sie werden mich schlagen. Wieder und wieder, immer wieder. Ich kann es fühlen. Am ganzen Körper kann ich es fühlen. Folter. Schmerzen. Es tut so weh. Aber sie werden nicht aufhören. Sie werden mich verspotten. Sie wollen mich brechen. Sie werden mich brechen. Ich werde versuchen, es zu verbergen.

Ich werde jetzt einfach gehen. Sie werden mich hier nicht finden. Sie werden die anderen aufwecken und fragen, wo ich bin. Vielleicht werden sie einen von ihnen dann mitnehmen. Irgendwer muss immer mitgenommen werden. Ich will nicht. Und ich will nicht sterben. Das ist doch alles Wahnsinn. Wie konnte ich mich darauf einlassen? Ich habe doch immer gewusst, wie das ausgehen wird. Ich kann mich selbst nicht mehr verstehen. Du musst es mir erklären. Hilf mir bitte, ich schaffe es nicht. Ich war überzeugt, das Richtige zu tun. Du hast gesagt, es ist das Richtige. Ich habe nie daran gezweifelt. Ich war mir immer sicher. Aber jetzt? Jetzt ist es so weit und ich sitze hier, warte auf sie und zweifle. Zweifle und habe Angst. Sie sind bereits aufgebrochen, sie sind schon auf dem Weg hierher und er ist bei ihnen. Macht gemeinsame Sache. Hilfe! Hilfe! Jemand muss mir helfen! Hannes, bist du wach? Hilf mir! Habe ich denn nicht auch geholfen? Warum hilft mir denn keiner? Haben mich alle vergessen? Bereits jetzt vergessen. Dabei bin ich noch hier, noch nicht tot. Sie wissen noch nicht einmal, was gleich geschehen wird und haben mich schon vergessen. Und du hast mich auch vergessen. Wenn ich aber so unwichtig bin, dass mich alle vergessen haben, warum soll ich dann sterben? Warum soll ich die Schmerzen ertragen, die sie mir zufügen werden? Wieder, immer wieder. Der Gedanke daran macht mich schon verrückt. Ich werde verrückt. Ich bin verrückt.

Schreien werde ich. Weinen werde ich. Flehen. Zwecklos. Und wenn ich mich wehre, wenn ich um mich schlage? Kein Ausweg. Tiefe Wunden in Haut und Fleisch. Mein Körper zittert, gehorcht mir nicht mehr. Blut. Meine Arme, meine Beine. Sie werden sich daran ergötzen. In alle Ewigkeit. Ich habe furchtbare Angst. Ich bin allein, auch in alle Ewigkeit.

Ich kann schon die Lichter der Fackeln sehen. Sie kommen. Sie holen mich. Ich habe es ja gewusst. Ich war damit einverstanden. Jetzt werde ich es erdulden. Jetzt wird es sich erfüllen. Meine Angst lähmt mich. Die letzte Gelegenheit zu fliehen ist vorbei. Ich sitze hier, ich warte auf sie. Sie kommen, er ist dabei, bereit mich zu küssen. Sie gehen nicht ohne mich, ich weiß.«

Katharina Hartwell

Gute Nacht

Sagt Philip, ich gehe jetzt.
So, so. Ich sage nichts. Ich frage auch nicht warum oder wohin.
Weil ich es weiß und selbst wenn ich es nicht wüsste, dann würde es mich nicht interessieren.
Gute Nacht
Denke ich. Das hätten wir schon früher machen sollen. Ich hätte gehen sollen. Die Tür schließen. Zwischen uns ist eine Wand gewachsen. Ich habe sie gehört. Gesehen habe ich sie auch. Gestern beim Frühstück. Denkst du, das hätte ich nicht gemerkt?
Das denkst du. Aber ich habe es gemerkt. Ich sehe alles. Ich senke den Blick und drehe ihn zur Seite, den Kopf. Aber sehen kann ich alles. Glaub mir das. Die Hand hast du ausgestreckt, um sie dir zu nehmen, die Butter. Die Butter aber habe ich gekauft. Das ist mein Geld. Das gehört nicht mehr uns beiden. Nichts mehr gehört uns beiden. Bestimmt nicht das Geld. Das zuletzt
Und die Butter auch nicht
Das ist meine, habe ich gedacht. Und wenn du die Hand danach ausstreckst, dann beiße ich sie dir ab. Nichts gehört in deinen Mund. Nichts, wofür ich gearbeitet habe. Ich ernähre dich nicht. Das ist meine Seite vom Tisch. Das gehört mir.
Wir können nicht mehr reden. Wegen der Wand zwischen uns. Alle Worte gehen daran zu Bruch. Ich habe aufgehört zu schreien. Ich treffe den Ton nicht, der Glas zu Bruch gehen lässt. Die Butter, müsstest du sagen. Bitte die Butter. Aber am »Bitte« zerschneidest du dir die Zunge. Ist dein Mund
Voll Blut? Versuche es runterzuschlucken. Vielleicht erstickst du dran? Vielleicht auch nicht. Ich komme nicht rüber. Ich steige nicht über die Mauer. Ich bleibe hier mit verschränkten Armen und sehe zu
Wie du zerfällst. Das lässt mich kalt. Solange du meine

Butter in Ruhe lässt. Solange du deine Hände auf deiner Seite lässt. Da wo sie hingehören. Bleib fern von mir.
Du streckst die Hand aus. Willst sie dir nehmen. Versuche es ruhig. Wenn du in meine Nähe kommst.
Aber du kommst nicht. Du bleibst auf deiner Seite. Deine Hand hängt in der Luft. Du kommst nicht auf meine Seite. Das ist die Wand, mein Lieber. Du hast sie nicht hören können und auch nicht sehen, aber fühlen kannst du sie schon, denke ich. Damit du es weißt, im Bett ist sie auch. Im Bad und im Flur. Auf der Straße und im Auto. Du gönnst mir
Nichts, sagst du. Nicht einmal die Butter aufs Brot. Das stimmt. Die gönne ich dir nicht. Nichts in deinem Mund, in deinem Magen, das mir gehört. Ich schlage sie dir ab. Die Hand. Die brauchst du
Nicht mehr. Für was denn. Du fasst doch nichts damit an. Und den Mund, den brauchst du auch nicht. Gute Nacht. Das meinst du so? Meine Nacht ist nicht gut. Sie ist schwarz und kalt. Wie jede Nacht und ich will nicht hören, was du dazu sagst. Was macht es für einen Unterschied. Mir zu sagen, dass sie gut sein soll. Meine Nacht
Ist es nicht gewesen, und nichts, was du jetzt sagst, bevor du die Tür schließt und gehst, ändert etwas daran. Mach dir keine Mühe. Geh, wohin du willst. Ich merke nicht, dass du weg bist. Ich will nicht wissen, wo du hin gehst. Ich will bloß, dass du alles mitnimmst. Meine Butter kannst du auch haben. Ich
Werfe sie dir rüber. Erstick dran. Ich hoffe, sie liegt schwer in deinem Magen. Ich hoffe, sie erinnert dich an alles,
Das nicht mehr dir gehört. Dir nie gehört hat. Und das du nicht mehr haben kannst. Weil du dir nicht genug Mühe gegeben hast. Die Tür zu suchen.
Grüß die Eule.
Küss den Mond.
Gute Nacht.
Ich wünsche dir Träume, die dir die Luft zum Atmen nehmen. Ich wünsche dir Träume, die sich auf dich legen wie Tonnen. Ich wünsche dir, dass du mein Gesicht siehst und meine Stimme hörst.
Gute Nacht, Philip.

Christian Rosenau

Der klaffende Morgen Frisch

der klaffende Morgen Frisch –

licht vergossen unter den Wolken
steht der Herbst liegt die Nebelhaut
emailliert Haus und Hof und Schweinestall ich

halte das Weiß in der Schüssel stumm
Vater der Fleischer und ich zwischen
dem Quieken das vorausgeht
und folgt und folgt auf Vaters Nicken

der Bolzenschuss gestirnt gegen die Zeit
das Messer ins Röcheln gestemmt
mit einem Ruck und der Blutbaum
der mir entgegenschlägt

reglos stehe ich am Augenrand
mit den Spritzern an Hand und Wange
ein letztes Aufbäumen bevor der Körper
nachgibt und zusammensackt und

irgendjemand von ferne
noch um die Schüssel schreit die

mir langsam aus den Händen glitt

Ehrenhain

stumm das Land weit unter Tage
Plastikblüten Blumen an den Stelen hier
standen wir das Blau des Himmels um den Hals

geknotet sangen wir blinzelnd *Brüder
zur Sonne* und an die Fahnenstangen
schlug den Rhythmus uns der Wind

die Bilder frisch hinters Lid gemeißelt damit
was wir nicht wussten auf ewig unsre Blicke senkt
standen wir hier hingen sie mit den Händen rücklings

an den Bäumen bis die Schultern aus den Pfannen
knackten Knochenbündel Stapelleiber auf den Karren
ein schwarzer Klumpen quer im Stromzaun …

zum Kranz den Schwur und noch
im letzten Scheitelgruß lag stumm das Land
und weit ins Tal gespannter Felder ein Schachbrett

geduldig wartender Figuren

Dinner

in einem schmatzenden Moment
schloss ich, wie du, die Augen:

schmeckte Nuancen von Thymian
und Salbei auf dem warmen,

weichen Fühler in deinem Mund,
der blind und bloß ins Dunkle tastete.

und wir standen immer noch
vor dem Herd, ich hielt immer noch

das Glas mit Rotwein in der Hand
zum Ablöschen der Lende, die

längst gar in der Pfanne lag.

Texte der Preisträger – eine Auswahl

Daniela Jacqueline Sommer

Der Wald

Die himmelblaue Hand, die Gott über uns hält, um sein Gesicht zu verbergen, ist von Narben übersät. Weiße, wulstige Spuren verunzieren Jahrmillionen alte Haut, verblassen langsam und überwuchern sie von Neuem. Die Menschen nennen es schönes Wetter, einen perfekten Tag zum Fliegen. Sie nennt es Fernweh.

Alfred kümmert sich nicht darum; er hat Hunger. Ruckartig wendet er ihren Rollstuhl, und einen Augenblick lang wird es dunkel um sie, bis ihre trägen, gläsernen Augen wieder in die richtige Position gerollt sind. Dass sie überhaupt sehen kann, das ist ein Wunder, also beschwert sie sich nicht über die rotierende Blindheit, die sie überfällt, wenn Alfred es mal wieder zu eilig hat.

Manchmal hängt ein Auge etwas fest, wenn Anna die Höhlen nicht richtig gewaschen hat, und Alfred kümmert sich liebevoll um sie; falls es ihm auffällt. Dann bückt er sich zu ihr herunter, wischt es mit dem Ärmel ab und rückt es wieder zurecht. »Babette«, sagt er dann immer, »Babette, wir müssen diesen Farbsplitter unbedingt abschleifen lassen, nicht wahr?« Dabei klopft er ihr auf den Kopf, was sie zwar nicht fühlen, aber doch hören kann und was sicherlich eine fürsorgliche Geste darstellen soll. Immerhin hat sie schon oft gesehen, wie Menschen einander auf die Köpfe klopfen und noch nie hat jemand dabei geweint. Nicht, dass sie überhaupt weinen könnte. Den Einbau dieser Funktion hat man wohl versäumt; allerdings mag es ihnen auch einfach nicht sinnvoll erschienen sein, ein perfektes Leben mit Tränendrüsen auszustatten. Das versteht Babette natürlich.

Der Weg unten, vom See zurück zum Haus ist lang. Während Alfreds Magen allmählich ungeduldig wird, lässt sie den Garten in all seiner hellgrünen Ordnung an sich vorüberziehen. Säuberlich gezogene Quadrate säumen den breiten, geteerten Weg; die Büsche und Bäume werden regelmäßig in Form geschnitten und glänzen wächsern. Am Rand ihres Gesichtsfeldes lauert der Wald, dunkel und wild, aber Babette kann den Kopf nicht wenden, um genauer hinzusehen.

»Sei froh, dass du nicht essen musst«, sagt Alfred. »Menschliche Bedürfnisse sind wirklich ein Kreuz.« Alfred wird sie niemals in den Wald bringen. Er bevorzugt das Helle und Schöne, und außerdem gibt es dort keine geteerten Wege. Alfred ist rüstig für sein Alter, sagt Anna immer, aber in den zwölf Jahren, in denen er sie nun schon herumschiebt, ist er deutlich langsamer geworden. Tragen könnte er sie nicht. Natürlich wäre es ihm möglich, jemanden dafür zu bezahlen. Einen jungen Mann aus der Stadt zum Beispiel, der sich etwas dazuverdienen möchte. Aber Alfred ist lieber mit ihr allein. »Babette«, sagt er immer, »Liebes. Du verstehst mich so gut.« Alfred wird sie niemals in den Wald bringen. Also bleiben ihr nur die vielen, vielen Rosen am Wegrand, die so traurig sind, dass man ihnen die hübschen roten Köpfe mit Stöcken hochhalten muss. Im Haus nimmt Anna sie in Empfang und Alfred räuspert sich geräuschvoll. »Babette, ich würde dich gern mal wieder in dem roten Kleid sehen«, sagt er. »Das aus Italien, Liebes, weißt du noch? Das unterstreicht dein Lächeln so schön«, dann klopft er ihr wieder auf den Kopf und verschwindet. Ins Esszimmer zu ihrer Linken, das sie nicht sehen kann, und Anna bringt sie gehorsam ins Ankleidezimmer.

Am Morgen hatte sie ihr ein fliederfarbenes Tweedset und einen weißen Rock übergezogen, den sie jetzt als Erstes wieder herunterzerren muss. Babette weiß, dass es Anna alles andere als leicht fällt, Kleidung über ihren steifen Körper zu ziehen, aber wenn sie sie wieder ausziehen muss – und je nach Alfreds Launen muss sie dies mindestens drei Mal am Tag – dann flucht Anna doppelt so laut. »Jetzt zier dich nicht so, du eingebildetes Miststück«, sagt sie dann oft. »Ich guck dir schon nichts weg.« Dazu gibt es kein auf den Kopf Klopfen, sondern nur dumpfes Gepolter. Ganz anders natürlich, wenn sie weiß, dass Alfred herumschleicht. »Liebste Babette«, heißt es dann. »Wie schön das an dir aussieht. Was meinst du?« Dann dreht sie sie vor dem Spiegel hin und her, als ob Babettes Augen nicht bloß träge Murmeln wären, die nicht mal ansatzweise nachkommen können. Heute aber ist Anna überraschend ruhig und gelöst und arbeitet zügig.

Zum Schluss konzentriert sie sich auf die Feinarbeit, auf die legt Alfred allergrößten Wert. Anna zieht die breiten Träger zurecht, damit sie die Stellen verdecken, an denen Rumpf und Arme zusammengesteckt werden, bindet um die Fußgelenke Riemchen und um die Handgelenke Bändchen. Sie legt ihr ein samtenes Halsband an und kämmt die Haare darüber. Der gerüschte Stoff des Kleides kaschiert den Rest. Auf einer Schwarzweißfotografie würde sie, ordentlich geschminkt, glatt als Mensch durchgehen.

Schließlich bringt Anna sie zurück nach unten, ins Wohnzimmer, wo Alfred sie schon sehnsüchtig erwartet. »Na bitte, Babette, reizend siehst du aus«, sagt er und klopft ihr auf den Kopf. Anna sagt nichts. Gemeinsam heben sie Babette aus dem Rollstuhl und setzen sie auf das Canapé. Nach dem Essen mag Alfred es ruhig. Er lässt eine Schallplatte auflegen und bettet seinen Kopf in ihren Schoß wie ein wärmebedürftiges Kind; nur ist sie immer kühl. Später werden Gäste kommen, um Alfred zu unterhalten. Sie wird dabeisitzen, fein herausgeputzt und von Anna mit teurem Parfüm besprüht, eine Fremde unter Fremden. Nur diejenigen, die Alfreds Gunst am dringendsten bedürfen, wagen es, sie zu bemerken. Sie gratulieren ihm herzlichst zu seiner schönen, schönen Babette. Das hört er gern. »Ja«, sagt er immer. »Ist sie nicht wunderbar? Immer noch genauso jung und schön wie an unserem ersten Tag. Weißt du noch? Damals in Paris?« Dann klopft er ihr lange auf den Kopf, während die Gäste alle lächeln und liebend gern den alten Geschichten lauschen möchten. Auch sie wird sich nicht abwenden, wie sollte sie auch. Den Kopf kann sie nicht drehen, die Augen nicht bewegen, sie kann sie nicht einmal schließen, aber dass sie überhaupt sehen kann, das ist ein Wunder und natürlich versteht Babette, dass man dankbar sein muss. Dann, wenn alle Gäste gegangen sind, wird Anna sie nach oben bringen und ein letztes Mal umziehen, sie herrichten für die Nacht, für Alfred, für Geräusche, bei denen sie die Augen nach innen rollen möchte und doch nicht kann; und danach wird sie, mit etwas Glück, am Fenster sitzen dürfen, wenn Anna sie einen Augenblick lang allein lässt. Nachdem sie sie gewaschen hat, schiebt Anna sie immer in den Raum, den sie Schlafzimmer nennen, obwohl Babette so etwas wie Schlaf nicht kennt. Zum See hin wird die Wand dort von bodentiefen Fenstern geöffnet, durch die man auch ohne menschliche Lebendigkeit einen wunderschönen Blick hat. Auf den Wald, der in der Ferne lockt, dunkel und wild. Alfred wird sie niemals in den Wald bringen.

An diesem Abend ist es bereits dunkel im Haus, bevor sie Anna zurückkommen hört. Wie jeden Abend wird Anna jetzt ihren steifen Körper aus dem Rollstuhl heben und ins Bett legen müssen. Alfred mag es nicht, wenn sie nicht ordentlich zugedeckt wird. »Babette«, sagt er dann immer, ihr auf den Kopf klopfend, »du brauchst deinen Schönheitsschlaf.« Doch heute macht Anna die Lampen nicht an, die Menschen normalerweise brauchen. Stattdessen wird die Dunkelheit dichter, als das Fenster verschwindet, und lichtet sich nicht mehr. Plastik auf Holz, das kann sie hören. Es ist ganz leise, doch Babette weiß, dass es so klingt, wenn man sie über die Gänge rollt. Dann berührt Metall Metall. Der Fahrstuhl, auch das kennt sie. Plastik auf poliertem Marmor, ein glatteres, leiseres Gleiten als das raue Rollen von Plastik auf Asphalt. Der Weg hinunter zum See. Alfred schiebt sie jeden Tag dort entlang. Sie sieht nichts. Sie spürt nichts. Sie weiß nicht, ob ihre Augen rotieren oder festhängen oder ob sie über unebenen Boden fahren, der ihren starren Körper vibrieren lässt. Nur hören kann sie noch.

Und dann ist plötzlich alles falsch.

Etwas schreit und etwas raschelt wie das teure Papier, auf dem Alfred manchmal Briefe schreibt. Sie hört die Bewegung nicht, ihren Platz füllt ein dumpfes, nichts sagendes Geräusch. Ab und zu zersplittert etwas Hartes unter ihnen, ansonsten ist da nichts. Sie möchte die Augen öffnen, um zu sehen, doch die Blindheit klebt an ihr und lässt nicht los. Babette hört einen dumpfen Aufschlag, wie schweres Plastik, das auf einen weichen Grund fällt. Und da, da ist wieder Licht. Ein großes, weißes Auge leuchtet über ihr, tief eingebettet in das satte, schwarze Fleisch der Nacht. Ein Schatten schiebt sich in ihren Blick, zwei feucht glänzende Augäpfel direkt über ihr. »Eine Puppe«, hat Anna oft gesagt und sich dabei am Kopf gekratzt. »Eine tote Schaufensterpuppe. Das ist doch nicht richtig. Dass er sie so behandelt. Als ob sie echt wäre. Als ob sie mein Leben bestimmen dürfte, das ist doch nicht richtig. Nein, nein, Anna, da stimmt was nicht, das ist falsch, ganz falsch ist das.« Alfred wird niemals in den Wald gehen, um sie zu suchen. Lieber trauert er allein um sie. »Babette«, wird er sagen, die Finger haltsuchend auf dem Schoß verschränkt. »Meine geliebte Babette hat mich verlassen.« Anna wird nichts sagen. Auch als sie geht, ist es ohne ein Wort. Mit Puppen spricht man nicht. Das versteht Babette. Sie spricht auch nicht mit den Menschen.

Still lauscht sie auf den Wald, der um sie herum erwacht. Dunkel und wild. Lockende Geräusche, denen sie nicht folgen kann. Sie lächelt starr und wartet auf den weichen Regen, auf die schwarzen, schweren Tropfen, die in ihren gläsernen Augen Tränen erblühen lassen und ihr leise auf den Kopf klopfen. Über ihr zieht Gott sich schließlich hinter seine schattenfarbene Wolkendecke zurück, ganz so, als habe er genug gesehen. Die Menschen nennen es Gewitter, ein schlechtes Wetter zum Fliegen. Sie nennt es Fernweh.

Andrea Zagorcic

Warten

Einsames Schweigen,
das Ticken der Uhr.
Was mach' ich nur,
was mach' ich nur?

Ewige Stille,
lange sitzen.
Träume schnitzen,
Träume schnitzen.

Monotoner Atem
ein und aus.
So leer das Haus,
so leer das Haus.

Kreisende Gedanken,
fühl' mich versetzt.
Wo bist du jetzt,
wo bist du jetzt?

Zähe Langeweile,
kaltes Telefon.
Nun klingle schon,
nun klingle schon!

Krampfhafte Ungeduld,
meld dich doch!
Warte immer noch,
warte immer noch ...

Thilo Eisermann

Sonderangebot

19.48 Uhr. Knapp zehn Minuten vor Ladenschluss. Margarete Helfert verließ ihren Wagen und trippelte im Eiltempo über den großen Parkplatz des Supermarkts. Die Mühe, sich einen Einkaufswagen zu holen, machte sie sich nicht, denn die Zeit drängte. Als sie den Markt betrat, kam ihr zunächst ein Schwall viel zu warmer Luft entgegen, der sie kurz benommen machte. Margarete hatte leichte Kreislaufprobleme, und der Wechsel von der eiskalten Winterabendluft zur schwülen Supermarktsatmosphäre hatte ihr schon oft Schwierigkeiten bereitet. Ich sollte mal einen bösen Brief an den Filialleiter schicken, dachte sich Margarete, während sie schnurstracks zu den Wühltischen mit den Sonderangeboten lief. Sie hatte schon heute Vormittag kommen wollen, aber ihr nichtsnutziger Mann musste natürlich zum Essen heimkommen, sodass sie den ganzen Tag in der Küche beschäftigt war. Davon, wie wichtig ein Pfannenwender aus verchromtem Edelstahl für nur 4,99 Euro für sie war, verstand Rudolf natürlich nichts. Der dachte nur an Fußball und seinen Job. Sanitäranlageninstallateur. Pah, von wirklicher Knochenarbeit versteht der doch gar nichts.

Margarete war gerade an den Putzutensilien vorbeigekommen, was sie schmerzhaft an den noch ausstehenden Weihnachtsputz erinnerte. So ein neuer Wischmob ... Aber nein, dafür war keine Zeit, die Pfannenwender gab es nur in einer begrenzten Stückzahl, nummeriert und von Chefköchen empfohlen. Margarete *musste* sie einfach besitzen. Endlich war sie an den Sonderangeboten angekommen, als sie sehen musste, wie eine furchtbar dicke Frau den letzten Pfannenwender in den Einkaufswagen lud. Sie konnte gerade noch das Siegel mit der Aufschrift »Rostfrei« erkennen, als sich das Nilpferd von Frau auf den Weg zur Kasse machte. Andere würden hier sagen: »Tja schade, das nächste Mal vielleicht ...«, aber nicht Margarete. Sie wäre schließlich nicht

Margarete Helfert, wenn sie sich so etwas bieten lassen würde, schon gar nicht von so einer wie der da.

Entschlossen lief sie auf den Einkaufswagen der dicken Frau zu, die kurz noch etwas Zucker holen gegangen war, und griff sich nach kurzem Zögern das chromfarbene Schmuckstück aus dem Wagen. »He, Sie da!? Was tun sie denn da an meinem Wagen?« Verdammt, die Frau hatte sie gesehen. Margarete tat so, als ob sie nichts gehört hätte, und stellte sich in die Schlange der Kasse nebenan. »Haben Sie mir meinen Pfannenwender aus dem Wagen gestohlen?« Das Nilpferd kam bedrohlich auf Margarete zugestampft. »Erstens ist das nicht Ihr Pfannenwender, der gehöret immer noch dem Laden, und zweitens habe ich ihn zuerst gesehen. Er gehöret also, wenn überhaupt, mir. Und jetzt lassen Sie mich in Ruhe anstehen. Mein Mann wartet auf seine Pfannkuchen.« – »So etwas Unerhörtes ist mir ja noch nie untergekommen! Jetzt geben Sie mir ihn schon zurück, sonst rufe ich den Filialleiter!« – »Tun Sie das nur, mit dem habe ich eh noch ein Hühnchen zu rupfen. Und jetzt verziehen Sie sich.«

Die dicke Frau war sprachlos über die Unverfrorenheit der Pfannenwenderdiebin und wusste sich nicht besser zu helfen, als nach dem kleinen Päckchen in Margaretes Armen zu greifen. »Nun geben Sie schon her, verdammt!« Natürlich ließ Margarete sich ihre Beute nicht so einfach streitig machen. Mit aller Kraft hielt sie den Pfannenwender in ihren Armen, sodass ein heftiges Gerangel an der Kasse entstand. »Pfannengerichte sind sowieso viel zu fett für Sie, essen Sie lieber Gemüse!«, keuchte Margarete, während sie versuchte, sich die fette Frau mit einer Lauchstange aus dem Wagen vor ihr vom Leib zu halten. Die Frau wiederum versuchte Margarete durch ihr Körpergewicht zu überrumpeln, doch Margarete hielt stand.

Inzwischen versuchten einige andere Kunden und die Mitarbeiter des Marktes, die beiden Streithennen zu trennen, doch keiner traute sich so recht zuzupacken, zum einen wegen der riesigen Masse des Nilpferds, zum anderen wegen der Gewalt, mit der Margarete inzwischen mit dem Gemüse um sich warf. Nach einem etwa dreiminütigen Kampf konnte die dicke Frau schließlich nicht mehr. Schwer atmend lag sie am Boden, über ihr stand triumphierend Margarete, die etwas mitgenommene Schachtel mit dem Pfannenwender in der Hand. Breit grinsend und ohne die dicke Frau oder die umstehenden Zuschauer zu beachten, ging Margarete zu der inzwischen freien Kasse und legte den Pfannenwender auf das Band. »So, das wären dann 4,99 Euro für die Pfannenwender und … ähm … sagen wir zwanzig Euro für den Schaden, den sie angerichtet haben. Zahlen Sie bar oder mit Karte?« Zähneknirschend holte Margarete ihren Geldbeutel heraus und legte dreißig Euro auf die Kasse. »So, das wären dann fünf Euro und einen Cent zurück. Vielen Dank, beehren Sie uns bald wieder.«

Etwas zerzaust, aber dennoch zufrieden verließ Margarete den Laden. Immerhin hatte sie bekommen, was sie gewollt hatte. Und nicht einmal das Nilpferd hatte sie daran hindern können. Lächelnd stieg sie in ihren Kombi und fuhr die 200 Meter bis zu ihrem Haus, den Pfannenwender fein säuberlich auf dem Beifahrersitz platziert. Margarete hatte sogar kurz überlegt, ihn anzuschnallen, sich dann aber doch dagegen entschieden. Sie war ja nicht verrückt. Während der ganzen Fahrt und auf dem Weg von der Garage zur hell beleuchteten Haustür malte sie sich aus, wie ihr Mann über ihre Errungenschaft staunen würde. »Das sind ja tolle Pfannenwender«, würde er sagen, »und zu dem Preis? Du bist die beste Ehefrau der Welt!« Die Sache mit dem Gemüse würde sie ihm natürlich verschweigen. War ja auch nicht der Rede wert. Margarete schloss die Haustür vorsichtig auf, von drinnen hörte sie schon die Mini-Stereoanlage, die sie vor kurzem ergattert hatte, einen Schlager trällern. Als sie ihren Mantel auszog, merkte Margarete, dass es im Haus leicht verbrannt roch. Es kam aus der Küche. Rudolf hatte doch nicht … Margarete öffnete die Küchentür. In der kleinen Einbauküche stand ihr Mann mit einer Schürze um den Bierbauch, in der einen Hand eine Bratpfanne mit drei kleinen, schwarzen Scheiben, die wohl mal Pfannkuchen gewesen sein mochten, und in der anderen Hand, im Licht der Küchenlampe blitzend, einen brandneuen Pfannenwender, verchromt und von Chefköchen empfohlen.

Für einen kurzen Moment funkelte Margarete ihren geliebten Mann böse an, dann nahm sie ihm wortlos die Pfanne aus der Hand, stellte sie auf den Küchentisch und ergriff mit beiden Händen jeweils einen der pechschwarzen Pfannkuchen. Bevor er reagieren konnte, hatte Rudolf zwei noch heiße Teigfladen im Gesicht, was er mit einem lauten Schmerzensschrei kommentierte. »Schrei nicht so, geschieht dir recht! Was, wenn du unser Haus mit deinen peinlichen Kochversuchen in die Luft gejagt hättest? Und jetzt geh ins Wohnzimmer, damit ich in Ruhe kochen kann!« Mit gesenktem Kopf und roten Backen schlich sich Rudolf aus der Küche. Margarete hob daraufhin die beiden verbrannten Pfannkuchen, die Rudolf fallen gelassen hatte, vom Boden auf und entsorgte sie zusammen mit dem anderen Müll, den ihr Mann beim Kochen produziert hatte. Zuletzt warf sie den Pfannenwender ihres Mannes in die Mülltonne und holte ihren eigenen hervor. »So haben wir nicht gewettet, mein Lieber. Das wird dir noch Leid tun«, murmelte Margarete Helfert vor sich hin, während sie neue Eier aus dem Kühlschrank nahm, um sie in köstliche Pfannkuchen zu verwandeln.

Kai Gerwert

souvenir

über unsere äcker
cursern ihre schatten
ihr keulenschlag
über unsere dächer
rauscht ihr dreieck
ein federnfilm
zwischen den wolken
ein federnsong
mit einem refrain
aus freiheit
mit einem rhythmus
aus alljährlichem loslassen
ziehen die himmelsnomaden
die erde zusammen
so wie nach dem scrabbeln
man den buchstaben-
beutel zuzieht
streuen von oben
überflogene landstriche
zwischen die gräser
husten von der kleinheit
der welt etwas von oben
in die schornsteine
und bringen aus fernen
gegenden uns
leider auch
die grippe mit.

swimming pool

am beckenboden flieht aus hundertundzwei
bildpunkten bestehend ein delphin
und zeigt sich dir bereit zum ritt.
greifst du seine freie flosse?
gibst du dich ihm hin, dem kacheltier?
schwimmt nicht in nüchternen zügen dir
die nixe, der du schweigend treue schworst,
ein wenig zu ergreifend übers blau?
nun schau, es liegt
am fuß der beckentreppe
das dunkle muttermal der unbekannten,
der fehler eines faulen fliesenlegers,
nach über tausend morgen überlegen.
vielleicht kommt dir mit einem mal abhanden
die demut vor der unveränderung,
vielleicht gestaltest du nach diesem einen
flecken alles um.

Pia M. P. Mechler

Herr Schultheiß

Herr Schultheiß ist 63 Jahre alt und Frührentner. Arbeitsunfall. Aber das ist jetzt schon lange her. Er wohnt in Berlin, Neukölln, und da wohnt er schon, seitdem er denken kann. Seine Kinder sind hier aufgewachsen, zumindest bis sie mit seiner Exfrau und deren neuem Mann weggezogen sind. Das ist nun auch schon lange her und eine lange Geschichte obendrein. – Von daher, findet Herr Schultheiß, ist das alles nicht besonders erzählenswert. »Die Dinge kommen eben, wie sie sollen und bleiben, wie sie sind!«, sagt er dazu. Das sagt Herr Schultheiß übrigens sehr gerne und auch sehr häufig. Seine Kinder meinen, dass er jetzt, da er doch alt ist, aus Berlin wegziehen sollte. Wohin haben seine Kinder nicht gesagt. Seine Kinder meinen übrigens immer sehr viel, wenn sie mal anrufen. Sie rufen aber selten an, und deshalb ist es Herrn Schultheiß eigentlich egal, was sie meinen. Er bleibt hier in Berlin, hier auf seinem Kiez. Hier fühlt er sich wohl, hier kennt er die Leute, und die Leute kennen ihn. Er kennt auch die Stadt noch, wie sie zerbombt aussah: Als kleiner Junge ist er damals an der Hand seiner Mutter durch die grauen, rauchenden Ruinen gelaufen. An die Hand seiner Mutter kann er sich bis heute noch sehr gut erinnern, nicht nur der Ruinen wegen.

Seine Mutter ist nun auch schon lange nicht mehr da. In Berlin hat er die Mauer erlebt und deren Fall. Die Ära Kohl, den Schröder und jetzt die Frau. Er mag seine Stadt und die Geschichten, die sie erzählt. Aber eigentlich denkt er nicht viel darüber nach. Manchmal, wenn er vorne bei Heinz mit den anderen ein Bier trinkt und 'nen Korn dazu, dann kommen sie ins Schwärmen, über die alten Zeiten, vor der Wende, als es so viel besser war. Aber meistens schwärmen sie nicht, sondern sitzen einfach nur da, mit ihrem Bier. Die anderen, weiß Herr Schultheiß, trinken hier bei Heinz, um einfach nicht alleine zu sein. Herr Schultheiß kann das verstehen. Er selbst will aber nur sein Bier trinken, und mehr nicht. Natürlich mag auch er die Geselligkeit bei Heinz hier an der Ecke, aber alleine ist er nicht. Daher geht er auch kein Bier und 'nen Korn trinken, um nicht alleine zu sein, sondern um ein Bier und 'nen Korn zu trinken. Und, um was zu tun zu haben. Jetzt, da er schon so lange nicht mehr arbeitet, ist es immer schön, etwas zu tun zu haben. So einfach ist das.

Er hat auch angefangen, kleine Modellschiffe aus Holz zu bauen. Die stehen bei ihm im Regal. 23 sind es schon. Einsamkeit kennt er aber wirklich nicht. Denn Herr Schultheiß hat ja Laika.

Laika, das ist seine neun Jahre alte Schäferhündin. Ein Prachttier, wie Herr Schultheiß meint. Er hat sie *Laika* genannt, so wie den ollen Russenköter im All. Aber eigentlich heißt sie nur so, weil er den Namen so schön findet.

Herr Schultheiß hat Laika das Apportieren beigebracht. – Laika kann alles apportieren. Sie nimmt Herrn Schultheiß seine BZ ab, wenn er sie am Morgen am Kiosk kauft. Oder sie hält die Schrippen im Maul, die Herr Schultheiß jeden Tag außer Sonntags bei der Bäckerin in seiner Straße holt. Das junge Mädchen packt ihm dann immer drei Stück in die gelbe Papiertüte – zwei für Herrn Schultheiß und eine für Laika – und am Samstag sechs. Die Schrippen gibt es dann am Morgen – mit Wurst – in der Küche. Wenn er sie kauft, hält Herr Schultheiß die Tüte seiner Laika hin, die schnappt zu, und alle sind begeistert. Auch das junge Bäckermädchen. Das lächelt dann und lehnt sich über den Verkaufstresen, um Laika besser sehen zu können. Darauf freut sich Herr Schultheiß am meisten …

Und auch sonst ist Herr Schultheiß sehr beliebt, seit er seine Laika hat. Manchmal schnallt er ihr einen kleinen Bollerwagen um und stellt einen Kasten Bier hinten drauf. Aber nur einen kleinen, immerhin ist Laika ja nicht mehr die Jüngste. Und so ziehen sie los, den Kiez runter. Und alle Menschen staunen. Am meisten staunen die anderen bei Heinz in der Kneipe. Laika hört aufs Wort und wartet stets brav draußen, wenn Herr Schultheiß sein Bier und 'nen Korn trinken geht. Er muss sie nicht einmal anleinen. Er tut es aber trotzdem, der Behörden wegen, und weil er insgeheim Angst hat, dass jemand seine Laika klauen könnte. Auch wenn er weiß, dass Laika stark genug ist, das nicht zuzulassen. Laika sitzt den ganzen Nachmittag draußen, gleich neben der Tür und bewacht den Bollerwagen. Ab und an, wenn die anderen ihn darum bitten, und das tun sie häufig, zeigt Herr Schultheiß ein paar kleine Kunststücke mit ihr: Laika rollt über den Boden oder bellt auf Zuruf. Die schweren Sachen zeigt Herr Schultheiß nicht, denn die will er seinem alten Mädchen nicht mehr zumuten.

Herr Schultheiß weiß nicht, was er ohne seine Laika tun würde. Er hat sich versprochen, an dem Tag, an dem seine Laika einmal nicht mehr ist, da will er auch nicht mehr sein. Er hat sein Testament gemacht, weil es bald so weit sein könnte. Das liegt nun neben seinem Bett in dem braunen, kleinen Nachttisch. »Mein letzter Wille« hat er drauf geschrieben: »Bei meinem Ableben will ich mit meiner Schäferhündin Laika im Grab meiner Mutter beerdigt werden.« – Mehr steht da sonst nicht. Gleich daneben hat Herr Schultheiß eine Packung Schlaftabletten gelegt. Die hat er sich vor zwei Jahren gekauft. Er weiß auch genau, wie es dann sein wird, wenn Laika nicht mehr ist. Er will seinen grauen Anzug anziehen und Laika aufs Bett hieven, wo er auch liegen wird. Es muss schnell gehen, denn Laika wird einfacher zu tragen sein, wenn sie noch nicht leichenstarr ist. Laika wird dann auf ihrer Seite des Bettes liegen, und Herr Schultheiß rechts auf seiner. Er wird das Testament neben sich, deutlich sichtbar auf den kleinen Nachttisch legen. Er wird die Schlaftabletten mit einem Glas Wasser hinunterspülen. Er wird alle nehmen, denn sicher ist sicher. Und dann wird er mit Laika sterben. Er hofft, dass man sie schnell finden wird. Denn das ist seine einzige Sorge. Aber vielleicht wird sein Sohn ja mal anrufen und sich wundern. Oder die Nachbarin schaut vorbei und wundert sich auch. Es wird schon irgendwie gehen. Und wenn nicht, dann ist er ja tot. Zusammen mit Laika. Und das ist, was für ihn zählt.

Herr Schultheiß ist nicht traurig, wenn er über diesen Tag nachdenkt. Er denkt eigentlich auch nur selten daran. Aber wenn es passiert, dann weiß er, was zu tun ist. Hundertmal hat er den Ablauf in seinen Gedanken schon durchgespielt. Alles wird so sein, wie er sich das vorstellt. Die Dinge kommen eben, wie sie sollen, und bleiben dann, wie sie sind. So war es immer und so wird es immer sein. Herr Schultheiß schaut nach draußen zum Eingang. Da sitzt sie, seine Laika, gleich neben der Kneipentür, und wartet auf ihn.

Franziska Detrez

Federleicht

Die Füße bloß
so federleicht
den Boden zart berührn
ein kurzer Blick
zum Horizont
komm lass uns fliegen gehn.

Nadine Janoschka

Rosalinde nennt ihn Kräutergarten

Rosalinde liebt Grün
Rosalinde liebt die Freiheit im Kräutergarten
Kräutergarten liebt Rosalindes Schutz

Rosalinde gibt Kräutergarten Wasser
Rosalinde gibt Kräutergarten neue Kraft
Kräutergarten gibt Rosalinde oft Sonnenschein

Rosalinde nimmt wenig vom Kräutergarten
Rosalinde nimmt Freude
Kräutergarten nimmt alles.

Schroeter und Berger

Der Peter
Eine voyeuristische Geschichte

Dieser Text ist dem Wort »Mondlicht« gewidmet.

Guten Tag!

Als es noch Winter war, schaute ich mir eine Demonstration in Gera an. Ich hatte meinen Fotoapparat bei mir und fotografierte eifrig umher. Dieses Foto hier sollte dann für diesen Tag mein letztes sein, denn der darauf zu sehende Polizist mit der Videokamera mochte nicht gerne fotografiert werden. Erst filmte er mich wie alle dort Anwesenden auch, stieg dann von seinem Gefährt, nahm meine Personalien auf und verlangte meinen Film. Ich wollte ihm meinen Film aber nicht geben und erklärte ihm, dass ich Studentenkünstler sei und deswegen fotografieren müsse, und zwar auch ihn, weil die Kunst laut Grundgesetz frei sei und ich die deutsche Verfassung liebe. Er war anscheinend kein Freund meiner Kunst und wollte mir meinen Film gewaltsam wegnehmen. Da sagte ein anderer Polizist: »Jetzt mach mal halblang, Peter.« Da war Peter einen Moment lang abgelenkt, ließ ein wenig locker, so dass ich durch das Gewühl von Menschen auf und davon laufen konnte.

Zu Hause angekommen, fragte ich mich, was der Peter wohl gegen meine Kunst und unser Grundgesetz haben könnte, und beschloss, der Sache nachzugehen. Denn sollte er beides, meine Kunst und unser Grundgesetz, wirklich nicht mögen, so gehört er seines Amtes enthoben und zu ewiger Ein-Euro-Arbeit in die verwildertsten Gärten unserer Republik verdammt. Nach zweiwöchiger Recherche fand ich anhand seiner Uniform heraus, dass er zur Beweisfeststellungseinheit in Erfurt gehört und Achim Peter heißt, also Peter mit Nachnamen, und im Schulzenweg Nummer achtzehn in Erfurt wohnt.

Um bei meiner weiteren Recherche nicht als Künstler aufzufallen, verkleidete ich mich als rechtsextremer Protestwähler. Von einem Bekannten lieh ich mir ein Auto, das durch seine aufwendige Bemalung von meinem Vorhaben ablenken sollte. So stellte ich mich dann mit dem Auto vor sein Eigenheim. Und tatsächlich verließ Achim Peter persönlich um achtzehn Uhr dreißig das Haus. Er ging in die nahe gelegene Trinkhalle, kaufte zwei Hasseröder-Pils-Biergetränke und ging wieder in sein Haus, aus welchem er bis acht Uhr dreißig morgens nicht wieder herauskam.

Am nächsten Tag betrank ich mich ab siebzehn Uhr in der Trinkhalle, wo ich dank meiner Verkleidung nicht auffiel. Auch als Achim Peter um achtzehn Uhr fünfzehn die Trinkhalle betrat, erkannte er mich nicht wieder, kaufte zwei Hasseröder und ging. Bei meinen neuen Trinkkumpanen erkundigte ich mich nach ihm. Sie sagten, dass der Peter ein ganz netter Polizist, vierzig Jahre alt und kinderlos sei und fast jeden Abend komme und zwei Hasseröder kaufe.

Den Rest der Woche setzte ich mich in mein Auto und vor sein Haus und recherchierte weiter. In dieser Zeit ging er zweimal morgens in die nahe gelegene Konditorei Brötchen kaufen. Auch in der Konditorei kannte man ihn und redete auch nur gut von ihm. Ich erfuhr, dass er gerne Mohnkuchen isst, aber nicht mehr darf, weil er sonst zu dick wird.

Als mir am Donnerstag langweilig war, weil der Peter das Haus, außer um zur Trinkhalle, zur Konditorei und zur Arbeit zu gehen, nicht verlassen hat, fing ich an, mit meinem tragbaren Computer zu arbeiten. Ein Auge hatte ich auf den Computer, das andere aufs Haus gerichtet, da öffnete sich auf einmal ein Fenster; es war ein Update für ein Computerprogramm. Irgendwoher hatte ich eine Internetverbindung, die dank meiner Airportkarte zustande kam. Schnell rief ich einen Freund an, der sich mit solch plötzlich auftretenden Internetverbindungen auskennt, und bestellte ihn direkt zu mir. Er fand auch innerhalb von zwei Tagen heraus, wessen Internet das war, welches ich da benutzte. Es gehörte Achim Peter. Er fand dabei auch noch mehr heraus, nämlich, dass der Peter eine E-Mail-Adresse bei web.de hat und nicht viel nennenswerte E-Mails bekommt und bei ebay zwölf ausgestopfte Füchse und eine Schrankwand innerhalb der letzten sieben Monate ersteigert hat.

Eines Abends surfte dann der Peter sehr gezielt auf die Seite eines Modellflugzeugfachhandels und bestellte online das Modellflugzeug Messerschmidt B-F-109-G-10. Ich versuchte herauszufinden, ob sich hinter dem Modellflugzeug Messerschmidt B-F-109-G-10 vielleicht ein Codewort für etwas Verbotenes verbirgt. Aber auch nach ausgiebiger Recherche beim Modellbaufachhandel konnte ich keinen Handel mit verbotener oder nicht verfassungskonformer Ware feststellen.

Während ich weg war, hatte mein guter Freund den Code für die Fernabfrage des Anrufbeantworters von Achim Peter herausbekommen. Ich war sehr erstaunt über die Lücken solch hochmoderner Technik, noch erstaunter aber über unsere Rechercheresultate. Es hatten innerhalb von einer Woche nur zwei Personen Nachrichten hinterlassen. Die eine war seine freundlich klingende Mutter, die die unbedeutende Anrufbeantworteransprache mit dem aus der Funkersprache stammenden Wort »Ende« beendete. Die andere Nachricht war eine Buchungsbestätigung von einer Pension in Bad Frankenhausen, wo Achim Peter dann auch drei Tage später hinfuhr. Weil ich herausfand, wo sich die Pension befand, fuhr ich ihm sogleich hinterher. Er bewohnte dort das Zimmer Nummer sieben. Ich konnte auch noch herausfinden, dass er zwei Wochen lang in Bad Frankenhausen bleiben wollte.

Dann beschloss ich, meine Recherche einzustellen, zumal ich Achim Peter keine Straftaten oder Ähnliches nachweisen konnte. Wahrscheinlich ist Achim Peter einfach nur ein ganz normaler deutscher Mitbürger, der wohl einen schlechten Tag hatte, als er so böse zu mir war.

Mario Osterland

Eindeutig unklar

Das Blut der Zeit
Fließt nicht durch Bürgervenen
Poröse Leitungen lassen es
Auf die Straßen tropfen.

Wieder eine Chance
Zum Fenster rausgeworfen
Niemand möchte Deutschland
Sein.

Die Lage ist ernst
Aber nicht unkomisch.

Katrin Pitz

Nachts

Die Tür quietscht, als ich sie öffne. Ich drücke sie nur so weit auf, dass ich durch den offenen Spalt hindurchpasse. Ich will das Licht nicht anmachen. Die Fliesen im Flur sind kalt. Ich mache leise Geräusche beim Laufen. Als ich zur Treppe komme, hört man meine Schritte nicht mehr. Auf der Treppe liegt Teppich.

Ich gehe in die Küche und öffne den Kühlschrank. Im Inneren flackert das Licht auf. Es ist grell. Ich muss die Augen zusammenkneifen, um zu erkennen, was im Kühlschrank ist.

Dann stelle ich mich auf die Zehenspitzen, um an die Schranktür mit den Gläsern zu kommen. Mit zwei Fingern greife ich ein Glas, schiebe es bis zur Kante und nehme dann die andere Hand dazu. Ich stelle es auf dem Tisch ab. Die Milch habe ich vergessen. Die Kühlschranktür steht immer noch offen. Ich gehe noch mal hinüber, hole die Milchtüte aus dem unteren Fach und sperre das grelle Licht wieder ein. Die Milch tröpfelt nur langsam in mein Glas. Die Tüte ist schief aufgeschnitten. Als ich das Glas nehme und wieder in mein Zimmer gehen will, stolpere ich über die erste Treppenstufe. Ich höre, wie das Glas auf den Boden fällt. Es scheppert, aber es ist nicht kaputt gegangen. Kurz schaue ich die Treppe hinauf. Es scheint niemand wach geworden zu sein. Ich stehe auf und will die Milchpfütze wegwischen.

In der Pfütze entdecke ich eine Kette. Sie sieht aus wie eine goldene Schlange. Ich nehme sie in die Hand und merke, dass die kleinen Goldteilchen an einer Stelle ganz verformt sind. Jemand hatte die Schlange auseinandergerissen. Ich fühle mehrmals über diese Stelle. Es wäre schöner gewesen, wenn sie aus Versehen kaputt gegangen wäre. Es liegt auch ein Anhänger daneben. Ein kleines, rundes Medaillon zum Aufklappen. Innen drin finde ich ein Foto von Mama und eins von mir. Es muss Papas Kette sein. Ich kann mich nicht daran erinnern, dass Papa die Kette getragen hat, aber einmal habe ich gesehen, wie er etwas Goldenes in seine

Hemdtasche gesteckt hat. Vielleicht war es ihm peinlich, sie um den Hals zu tragen. Papa mag keinen Schmuck.

Zwischen meinen Zehen spüre ich kalte Milch und Teppichfussel. Ich gehe nochmal zurück in die Küche. Ich lege die Kette auf Papas Platz am Tisch, damit er sie morgen früh findet. Und da liegt noch was. Ich hatte es eben übersehen. Ein Zettel von Papa. Eigentlich sollte ich schon lesen können, aber ich kann es nicht. Doch ich erkenne Papas Kuli. Papa nimmt immer die, die schwarz schreiben. Und Papa schreibt nicht oft Zettel. Er spricht mit uns und manchmal ruft er von der Arbeit aus an. Aber er schreibt keine Zettel. Ich weiß nur von einem einzigen. Dem, als unser Hund gestorben war.

Ich lasse den Zettel auf dem Tisch liegen. Ich kann ihn ja nicht lesen. Langsam gehe ich die Treppe wieder hoch. Meine Füße kleben noch ein bisschen. Ich will die Milch jetzt nicht mehr wegwischen.

Aus dem Zimmer meiner Eltern kommt Licht. Normalerweise schlafen sie ohne Licht. Einen Moment bleibe ich vor ihrer Tür stehen. Ich warte darauf, ihre Stimmen zu hören. Sie sind doch noch wach. Aber es ist still. Vorsichtig drücke ich die Tür auf und schiebe meinen Kopf ins Zimmer.

»Papa?«

Isabel Teschke

Marathon

Zwei Minuten später komme ich wieder zu Atem. Ich drehe mich um und höre es tropfen. Tropf, tropf, von jedem Ast. Von einem Ast zum nächsten. Manchmal auch direkt zum Boden. Zwischen dem Tropfen mein Atem, eine weiße Wolke aus meinem Mund.

Ich habe meine Handschuhe verloren. Muss die Hände in die Jackentaschen stecken. Sie sind klamm und kalt. Tropf, tropf, macht es im Hintergrund. Ich horche in den Wald hinein, aber es passiert nichts.

Sobald ich meine Füße bewege, knirscht der matschige Schnee unter meinen Schuhen. Die Schnürsenkel haben sich mit Dreckwasser voll gesogen. Mir graut vor dem Moment, an dem ich sie aufknoten muss. Mit eiskalten Fingern dauert das noch länger als sonst.

Hätte das Haus niemals verlassen sollen. Das hab ich jetzt davon.

Um mich herum tropft die Stille. Tropft mich langsam zu Boden. Der Wald wusste, dass es irgendwann passieren würde. Alle wussten es.

Ich verfolge meine Spuren im Schneematsch und denke an die roten Handschuhe, die wohl in irgendeiner Pfütze liegen. Oder noch zu Hause bei ihm.

Ich vergrabe meine Hände noch tiefer in den Jackentaschen und stelle fest, dass auch mein Hausschlüssel fehlt.

Hinter mir knacken Zweige. Vielleicht ist doch noch etwas Leben in diesem Wald. Ich sehe mich um. Suche. Im Sommer saßen wir da drüben auf dem Baumstamm. Jetzt tropft es mir in den Nacken. Der Sommer ist längst vorbei. Der Wald weiß es. Ich ziehe den Schal fester. Alle wissen es. Ich auch.

Ohne Handschuhe. Ohne Schlüssel. Ratlos. Vertrieben. Vor allem aber ratlos.

Der Wind schleicht sich heimlich an. Vorhin hat er hinter meinem Rücken mit Zweigen geknackt. Jetzt kriecht er durch den dünnen Stoff meiner Hose. Habe die Kälte unterschätzt. Ursprünglich wollte ich ja auch nur ganz kurz raus. Nur schnell weg, Kaffee kaufen gehen. Ich muss mich wohl missverständlich ausgedrückt haben.

Nicht mehr lange und es wird dunkel. Ich könnte meilenweit laufen. Weiter im Schneematsch. Weiter, bis alles in mir erstickt und erfriert. Bis ich aufhöre zu denken.

Ich spüre, dass sich aus dem Unterholz tausend Augenpaare wie Kameraobjektive auf mich fokussieren.

Jemand hat mir mal erzählt, es sei gefährlich, während der Dämmerung allein im Wald herumzulaufen. Jäger könnten einen mit dem Wild verwechseln. Dabei ist es um diese Zeit im Wald am schönsten. Alles erwacht, wird aktiv. Aber jetzt höre ich keine Vogelstimmen. Nichts. Auch die Vögel haben mich im Stich gelassen.

Ich suche. Sehe zwischen alle Bäume. Schaue wie ein Pilzsucher hinter jeden Stamm. Werde einfach nicht fündig. Der Schnee bedeckt alles. Irgendwo darunter muss es liegen, rede ich mir ein.

Ich könnte die Stille mit einem Schrei zerreißen. Er war schon in meiner Lunge. Schon auf meinen Lippen. Aber momentan respektiere ich die Stille. Sie hüllt mich ein. Lässt mich nicht allein im Wald stehen. Deshalb rutscht der Schrei wieder meine Kehle runter. Runter, aber nicht mehr zurück an die Stelle in meiner Brust, an der er entstanden ist. Irgendwo in meinem Hals bleibt er hängen. Bleibt aufgespart. Wie auch die anderen vor ihm.

Ich betrete eine Lichtung. Es fängt gerade an zu schneien. Vielleicht schneit es aber auch schon länger.

Ohne meine Handschuhe fühle ich mich aufgeschmissen. Obwohl sie nicht mal besonders warm halten. Doch daran habe ich mich gewöhnt.

Zwischen den Bäumen sehe ich Flocken landen. Das Geräusch klingt anders als das Tropfen. Schneekristalle, die an Ästen vorbeikratzen. Der Rest verschwindet lautlos im Matsch. Wird aufgesogen.

Der Schrei in meinem Hals hat sich plötzlich in einen Kloß verwandelt. Ich kann schlechter atmen als vorhin. Vorhin, als ich die Strecke in den Wald gerannt bin, ohne anzuhalten.

Während ich auf der Lichtung stehe und um mich herum der Schnee fällt, sehe ich ihn wieder vor mir. In meinem Kopf reiht sich Bild an Bild. Schnappschüsse, die jetzt wieder auftauchen.

Ich schließe die Tür auf, das Kaffeepaket unter dem Arm.

Der Schnee trifft mich nicht. Keine einzige Flocke bleibt auf meinem Mantel zurück.

Ich bin noch außer Atem, weil ich die Treppen hochgerannt bin. So schnell es eben geht, mit nassen Schuhen.

Der Schnee rieselt an mir vorbei. So scheint es.

Ich gehe rein. Die Wärme der Wohnung bringt meine Nase zum Laufen. Ich schniefe. Lege den Schlüssel und den Kaffee ab. Schniefe.

Der Wind schleicht sich weiter durch meine Kleider nach oben. Schnürt mir die Kehle zu und verwandelt den Kloß in Eis. Bis alles erstickt und erfriert.

Ich sehe ihn. Sehe sie zusammen auf der Couch sitzen. Tausend Gedanken in meinem Kopf.

Sie zieht ihre Bluse zurecht. Stille.

Ihre Konturen verschwimmen, als sich meine Augen mit Tränen füllen. Das macht der beißende Wind.

Die Worte stehen bereits im Raum. Ich brauche sie nur auszusprechen. Aber da ist noch der Eiskloß in meinem Hals.

Ich knalle nicht mal die Tür ins Schloss, ich ziehe sie leise zu. Dann laufe ich die Treppen runter. Laufe und laufe, bis ich im Wald stehe und der Herzschlag in meinem Kopf lauter dröhnt als mein Atem, der in der Luft zu weißem Dampf wird.

Alle wussten es. Aber ich muss in den Wald. Muss weiterlaufen, obwohl ich schon längst stehen geblieben bin. Muss weiterlaufen. Hätte früher aufgeben sollen, jetzt geht es nicht mehr. Jetzt gibt es nur wieder die nächste Runde. Muss weiter. Er weiß es auch.

Es hat aufgehört zu tropfen. Der Kloß ist wieder zu einem Teil meines Körpers geworden. Hat seinen Platz gefunden und fällt neben den anderen kaum auf. Bis zur nächsten Runde.

Zur Nacht hin wird es kälter. Der Schneematsch hat jetzt eine Eishülle und knackt unter jedem Schritt, den ich zurückgehe. Ich vermeide meine eigenen Spuren, denke an frischen Bohnenkaffee und frage mich, ob sie noch da sein wird, wenn ich an der Tür klingele.

Zwanzig Meter weiter sehe ich meine roten Handschuhe auf dem Weg liegen. Eine dünne Schicht Neuschnee hat sie bedeckt. Ich gehe weiter, ohne sie aufzuheben.

Goran Lovric

Abfahrt

Am frühen
Kältemorgen
Aufgestanden
Den Kaffee
In Windeseile
Ausgetrunken
Und
In den Raupenbus
Gestiegen.

Angekommen
Am Kuppelbahnhof
Auf den
Kratzstuhl
Gesetzt
Während
Der Eiswind blies.

Als dann
Mit
Donnerlärm
Der Schlangenzug
Kam
Ich einstieg
Und der Zwergschaffner
Abfahrt
Rief.

Inhalt

Vorwort von Martin Straub   7

Texte der Preisträger

Franziska Wilhelm · *Babka Katka, Karla und das Schaf*   13
Florian Balle · *Besuch des Viereckigen*   20
  · *Ich wollte ein zentriertes Gedicht schreiben*   21
  · *Gesprochene Lichtbogenlampe*   22
Markus Jakob · *Die Diagnose*   23
Katja Thomas · *Fliegen sie ununterbrochen*   28
Frederike Popp · *Eine Nachtfahrt*   32
Katharina Weil · *Erntezeit*   36
  · *Bei Rose Ausländer*   37
Friederike Kenneweg · *Über den See*   38
Anne Zegelmann · *Der Abschied des Herrn Hannes Diesel*   42
Benjamin Kilzer · *Sommer im Café*   45

Texte der Preisträger
Autorenwerkstatt

Benjamin de Haas · *Sommer*   51
Daniela Wolf · *Notwendigkeit des Krieges*   52
Christl Eberlein · *Freie Übersetzung*   57
Katharina Hartwell · *Gute Nacht*   60
Christian Rosenau · *Der klaffende Morgen Frisch*   62
  · *Ehrenhain*   63
  · *Dinner*   64

Texte der Preisträger – eine Auswahl

Daniela Jacqueline Sommer · *Der Wald*	67
Andrea Zagorcic · *Warten*	72
Thilo Eisermann · *Sonderangebot*	73
Kai Gerwert · *souvenir*	77
· *swimming pool*	78
Pia M. P. Mechler · *Herr Schultheiß*	79
Franziska Detrez · *Federleicht*	83
Nadine Janoschka · *Rosalinde nennt ihn Kräutergarten*	84
Schroeter und Berger · *Der Peter*	85
Mario Osterland · *Eindeutig unklar*	90
Katrin Pitz · *Nachts*	91
Isabel Teschke · *Marathon*	93
Goran Lovric · *Abfahrt*	97

Alle Teilnehmer des Wettbewerbs   101

Alle Teilnehmer des Wettbewerbs

Elisa Ackermann · Alexander Adler · Irina Agranovski · Carolin Alban · Sören Alborn · Bianca Albrecht · Christian Alffen · Kerstin Alt · Ina Amm · Jennifer Anhalt · Viktoria Armbrüster · Sebastian Arnoldt · Jessica Arnrich · Maria-Sophia Bach · Katharina Bachmann · Jennifer Bader · Hendrik Baier · Samten Balasidis · Florian Balle · Sebastian Barth · Birgit Bätz · Maria Bätzing · Susann Baum · Inga Bayreuther · Gabriele Becher · Jennifer Becke · Denise Beilschmidt · Jens Bender · Lisa Bendiek · Yodit Berhe · Nora Bernhart · Luzy Bickel · Sarah Bickrodt · Juliane Biehl · Mareike Bier · Maria Billhardt · Torsten Bischof · Katja Blech · Daniel Böcker · Katja Bogojawlenskaja · Theresa Bogutzki · Mirjam Bokhorst · Nadine Bonnard · Eva Bormann · Matthias Borngrebe · Michaela Brähler · Andrea Brandenburg · L. Andrea Brandt · Jessica Brautzsch · Sarah Breitenbach · Jennifer Breiter · Julia Buch · Lisa Büchel · Elisa Buchterkirchen · Sophia Buck · Markus Bulgrin · Paul Michael Burkhardt · Björn Buxbaum-Conradi · Olga Bykow · Ivan Cacija · Marissa Conrady · Lisanne Conway · Emanuel Cron · Sebastian Cron · Stephanie Dallmann · Kerstin Dämon · Julia Dathe · Sebastian Dern · Rafael Dernbach · Franziska Detrez · Xhevahira Dibrani · Susann Diebert · Katharina Diez · Andrej Diljevic · Jeannine Dinnebier · Annemarie Döbel · Anne-Christin Döhle · Ann-Christin Dold · Britta Doppl · Sebastian Dorn · Heike Duda · Ingo Ebener · Christl Eberlein · Verena Eckert · Maria Ehrenberg · Clara Ehrenwerth · Franziska Marie Ehrst · Jenny Eichhorn · Clemens Timo Eidmann · Annika Eisenberg · Jan Christoph Eisenhauer · Thomas Eisenschmidt · Thilo Eisermann · Seray Elele · Annemarie Ender · Hanna Engler · Marcus Erdmann · Tabitha Ergang · Dennis Fassing · Martin Feibicke · Christiane Feix · Lena Feuerstein · Cornelia Fiedler · Lea Fielstette · Sandra Filipczyk · Dominik Fischer · Franziska Fischer · Isabel Fischer · Katrin Fischer · Tina Fischer · Celica Fitz · Anne Fleischer · Mirjana Fontana · Anja-Maria Foshag · Sofia Fountoukidou · Christian Franke · Pia Frendeborg · Johannes Frenzel · Lisa Freudenberg · Jessica Friedrich · Marion Fröhlich · Christel Gäbler · Marcus Gadau · Inge Gaßmann · Marius Gastrock · Jessica Gebauer · Maximilian Gebhardt · Lukas Gedziorowski · Nina Gerhards · David Gerhardt · Sabrina Gerlach · Kai Gerwert · Lisa Giesecke · Lisa Gleichmann · Silke Göckel · Daniel Goetze · Vera Goldmann · Tina Goller · Alexander Görke · Karoline Göttsch · Miriam Götz · Anastasia Grass · Anke Greifenhagen · Jenny Grenz · Katja Grohmann · Julia Große · Anna Große-Freese · Sabrina Großmann · Sarah Gruhne · Anna

Grund · Tobias Gunst · Stefanie Günzler · Thomas Gürnth · Jana Gutermann · Jannick Gutsch · Elisa Haase · Lena Hach · Diana Hache · Julius Hafer · T. Pedro Hafermann · Viktoria Hahn · Thomas Hainmüller · Lena Hammerschmidt · Konstantin Hanack · Paul Hanel · Anja Hanisch · Jonathan Lee Harms · Johannes Hartmann · Susanne Hartmann · Katharina Hartwell · Annemarie Hedderich · Sophia Heim · Maria Heinze · Isabelle Heise · Denny Heiter · Manuel Heller · Helena Helm · Beate Hertel · Christoph Hertzsch · Leonie Hesse · Julia Heupel · Brooke Alia Hill · Anna Hirt · Katharina Hock · Stefanie Hoehse · Stefan Hoffmann · Andrea Hofmann · Kerstin Höfner · Alexandra Hohnstein · Verena Horeis · Heiner Horlitz · Christian Horn · Andreas Hübner · Nancy Hünger · Pierre Huth · Andreas Ille · Markus Illhardt · Annegret Jahn · Marie Jähnichen · Markus Jakob · Hanna Janisch · Sophie Janisch · Nora-Leonie Jankovic · Nadine Janoschka · Felix Jauch · Janine Jockel · Klara Johns · Raul Jordan · Yasemin Kabakcioglu · Sebastian Kahl · Frank Kaltofen · Philipp Kanschik · Julia Kanz · Alexander Karl · Jana Katschke · Katharina Kauferstein · Theresa Kellner · Douglas Kelly · Maria Kempf · Friederike Kenneweg · Renata Kepowicz · Anna-Pia Kerber · Alice Kerpen · Benjamin Kilzer · Marian Kindermann · Pamela Kipp · Hannah Kittel · Marcus Klein · Leonore Kleinkauf · Katharina Klemm · Sabine Klingert · Florian Kniffka · Nancy Knobel · Rebekka Knoll · Nina Köhler · Anne Kohlhase · Bernadette Kolb · Lisa König · Emmelie Korell · Armin Koschorreck · Alexandra Kovacs-Jungbauer · Marcus Kranawetter · Adelina Krasniqi · Nicole Kreft · Janna Kretschmer · Vanessa Kriep · Judith C. Kroll · Martin Kruse · Alisa Kumm · Miriam Kümmel · Christian Kunze · Elisa Kunze · Sandra Küppers · Nicole Kürschner · Julia Kurz · Elisabeth Laabs · Beatrice Langenhan · Katrin Lauerwald · Matthias Lawetzky · Johanna Lebherz · Christian Ledesma-Müller · Andrea Lehr · Ernst Otto Lettau · Mirco Liefke · Friederike Lilienthal · Tim-Patrick Limmer · Patrick Lindemann · Jessica Lindig · Jan Lindner · Katharina Linge · Christian Linke · Janine Lippelt · Anna Lishper · Marion Löffler · Lisa Lohrey · Maria Loidolt · Maria Loos · Goran Lovric · Sabrina Lubert · Kerstin Lunow · Quan Ly · Jan Moritz Maas · Oliver Mahrle · Susanne Mandiche Lahr · Romina Männl · Saskia Marbach · Urthe Markus · Katja Martin · Nicole Matthies · Ina Simone Mautz · Claudia Mehlinger · Ulrike Meinfelder · Carola Meissl · Katrin Merten · Nadine Mertz · Rosanna Mihm · Hannah Mihovilovic · Janis Milde · Maximilian Möller · Antonia Morbach · Katja Mosch · Stefanie Mühlsteph · Jennifer Müller · Katharina Müller · Sebastian Müller · Thomas Müller · Marion Müller-Klausch · Stephanie Münch · Katrin Nahrgang · Stephanie Nebenführ · Joana Nellissen · Julia Neuendorf · Angelina Neumann · Valerie Neweling · Eva Niessner · Sarah Nixdorff · Anna Nothbaum · Peter Nuhn · Sophia Nürnberger · Jonas Nyncke · Xaver Oehmen · Sara Ortlepp · Mario Osterland · Grit Otto · Ayliz Özülker · Dana Pampel · Martin Pätzold · Thomas Paul · Kerstin Peter · Juliane Peterk · Tina Pfab · Marie-Luise Pfeiffer · Sebastian Phieler · Stephan Pitelka · Katrin Pitz · Ines Pleschinger · Olga Polikevic · Frederike Popp · Susanne Porath · René Porschen · Karsten Prühl · Jasmin Purfürst · Kristin Purfürst · Bert Pütz · Lisa Radtke · Leif Randt · Tobias Raupach · Stefanie Recht · Tatjana Reeh · Kristin Reich · Sabrina Reichel · Julia Reinard · Ingrid Reinhard · Karoline Reinhardt · Lisa Reinhardt · Janea Reining · Beatrice Reinisch · Carolin Reitz · Steffen Reitz · Isabel Reitzig · Johannes Rembe · Franziska Remlinger · Astrid Richter · Robert Richter · Stefanie Riegel · Anna Ritter · Katharina Ritz · Marlene Röder · Johannes Roeder · Teresa Roelcke · Elisabeth Röhner · Christopher Romig · Konstanze Rose · Christian Rosenau · Laura Rosenberger · Anton Rößger · Robert Roßner · Falk Ruckes · Sarah Rückrieme · Annegret Rupp · Lars Christian Ruppel · Julia Samsonova-Zaiat · R. Sarpong · Stephanie Sattler · Maximilian Sauerbier · Hanna Schäfer · Elise Scharf · Meike Schaub · Thomas Schetter · Stephanie Schick · Klaus Schiffmann · Robert Schittko · Frederik Schlauss · Martin Schleich · Sebastian Schmager · Stefanie Schmeier · Sarah Schmid · Claudia Schmidt · Daniel Schmidt · Janine Schmidt · Johanne Schmidt · Miriam Schmidt · Sebastian Schmidt · Julia Schmitz · Linda Schnath · Anna Schneider · Norma Schneider · León Schröder · Mareike Schröder · Simone Schröder · Anne Schubert · Peter Schuck · Christian Schulteisz · Julia Schumacher · Christoph Schütz · Ruben Schwarz · Valerie Schwenk · Markus Sehl · Jan Seichter · Florian Seidel · Thomas Seifert · Margaretha Seifferth · Sarah Selbmann · Wladislaw Shebarshin · Farahnaz Sheikh · Sandra Sieber · Maike Siehl · Markus Simon · Nicola Ines Simon · Marco Smolla · Viktoria Sobottka · Daniela Jacqueline Sommer · Dusan Sostaric · F. Soueidan · Alla Soumm · Johanna Spaethen · Mona Spindler · Nadja Springer · Aniko Spyrka · Ines Isabelle Stamm · Maria Stamm · Lyn Stark · Franziska Steinbeiß · Tobias Steiner · Kai Steinmetz · Carolin Stephan · Malte Stiehl · Kai Stoeckel · Lisa Stöhr · Franziska Storbeck · Daniel Storch · Matthias Stork · Laura Streck · Anne Ströder · Anke Szostak · Jenny Taubert · Johanna Lena Täubert · Frauke Teichmann · Sebastian Teichmann · Peggy ten Venne · Isabel eschke · Corinna Thamm · Alissa Theiß · Katja Thomas · Sonja Tonn · Doreen Toonen · Nadja Topfstedt · Caroline Töppe · Cate Trillmich · Elena Tschuwilskaja · Stella Tümmler · Marcus Uhlig · Sarah Ullmann · Maria Ulrich · Maria Unger · Julius Vinnemann · Jeannine Vogt · Charlotte Voigt-Kaline · Flora von Herwarth · Inga Wagner · Robert Wagner · Silvio Wagner · Sophia Wagner · Tristan Wagner · Lisa Waloschik · Julia Walther · Gennadi Wart · Horst Wasitschek · Tim Weber · Sabrina Weide · Katharina Weil · Sarah Weinbach · Kathrin Weisheit · René Weiß · Malin Welsch · Mira Wenzel · Timo Werner · Martin Werthmann · Anja Weyrauch · Esther Wichelhaus · Christin Wichert · Melanie Wicke · Jessica Wildner · Franziska Wilhelm · Meike Winter · Sascha Witter · Christian Wohlfarth · Johanna Wohlkopf · Daniela Wolf · Thomas Wolkanowski · Vanessa Wollenberg · Anja Wunderlich · Manja Zacher · Andrea Zagorcic · Stephan Zandt · Marcus G. Zapf · Anne Zegelman · Katharina Zehfuß · Veronika Zelm · Kathrin Zerb · Alexandra Zettl · Xenia Zhykhar · Sascha Bastian Ziemek · Eva Zimmermann · Martina Zimmermann · Moritz Zimmermann · Felix Zogmann · Jonas Züll · Benjamin de Haas · Anna Corinna Hummel · Tobias J. Junker · Benedikt Julius Klein · Pia M. P. Mechler · Anna Lena Stahl · Annika Marie von Hugo · Sebastian Weise-Kusche